CHRISTOPHER PAUL CURTIS

Me llamo BUD, no BUDDY

Traducido por: *Alberto Jiménez Rioja*

Lectorum Publications, Inc.

Spanish translation © 2016 by Lectorum Publications, Inc.
Text copyright © 1999 by Christopher Paul Curtis
Lyrics from "Mommy Says No" copyright © 1999 by Cydney McKenzie Curtis

Originally published in English under the title *Bud, Not Buddy,* by Yearling, an imprint of Random House Children's Books, a division of Random House, Inc., New York, in 1999.

For information regarding permission, contact Lectorum Publications, Inc., 205 Chubb Avenue, Lyndhurst, NJ 07071.

Library of Congress Cataloging-in-Publication Data
Names: Curtis, Christopher Paul, author. | Jiménez Rioja, Alberto, translator.
Title: Me llamo Bud, no Buddy / Christopher Paul Curtis ; traducido por Alberto Jiménez Rioja.
Other titles: Bud, not Buddy. Spanish
Description: Lyndhurst, NJ : Lectorum Publications, Inc., [2016] | Summary: Ten-year-old Bud, a motherless boy living in Flint, Michigan, during the Great Depression, escapes a bad foster home and sets out in search of the man he believes to be his father--the renowned bandleader, H.E. Calloway of Grand Rapids.
Identifiers: LCCN 2016033554 | ISBN 9781632456397
Subjects: | CYAC: Runaways--Fiction. | African Americans--Fiction. | Depressions--1929--Fiction. | Spanish language materials.
Classification: LCC PZ73 .C93 2016 | DDC [Fic]--dc23
LC record available at https://lccn.loc.gov/2016033554

ISBN 978-1-63245-639-7

Printed in the United States of America

10 9 8 7 6 5 4 3 2 1

Distinciones otorgadas a **Me llamo Bud, no Buddy:**

Medalla Newbery

Premio Coretta Scott King

Libro para niños destacado de ALA

Uno de los mejores libros para jóvenes de ALA

Ganador del IRA Children's Book Award, Older Reader Category

Libro para niños destacado en el campo de los estudios
sociales de NCSS-CBC

Mejor libro del año según *School Library Journal*

Mejor libro del año según *Publishers Weekly*

Libro del año del *New York Times*

Ganador del Golden Kite Honor Plaque para ficción

Incluido en la lista de Texas Bluebonnet Award

Ganador del premio Parents' Choice Story Book

Ganador de once premios estatales:
Arizona, Florida, Hawái, Kansas, Massachusetts,
Nuevo México, Noroeste del Pacífico, Pensilvania,
Dakota del Sur, Tennessee, Vermont

Dedico este libro a las siguientes personas:

Leslie y Herman Curtis Jr.,
Sarah y Earl Lewis,
Hazel y Herman E. Curtis Sr.,
Joan y George Taylor, Nina y Sterling Sleet,
Gloria y Frederick 'Bud' Curtis,
Virginia y F. D. Johnson, Paul Lewis,
Donna y Eugene Miller,
Johnnie y Don Ricks,
Rosemary y Willie Swan,
Carol and Lawrence Anderson,
Laverne y James Cross Sr.,
Carolyn y Dan Evans,
Willie Frances y Robert James,
Dorothy y Theodore Johnson,
Tommie y Robert Epps Sr.,
Sr. y Sra. Small de Liberty Street, James Wesley Sr.,
Harrison Edward Patrick,
James Cross Jr.,
LaRon Williams, Douglas Tennant,
Margaret Davidson, Roland Alums, John Nash,
Suzanne Henry Jakeway
y Alvin Stockard—

todos ellos nos guiaron con su ejemplo, todos ellos han sido modelo de compasión, fuerza y amor, y a todos ellos recordaré siempre.

AGRADECIMIENTOS

Tengo la suerte de haber recibido una cálida bienvenida en el mundo de la literatura destinada a los jóvenes, y quiero dar las gracias de corazón a todos en Delacorte Press por todo lo que han hecho para que esta experiencia sea tan memorable, especialmente a Mary Raymond, Andrew Smith, Melanie Chang, Terry Borzumato, Melissa Kazan y Craig Virden. Gracias a mi *agent extraordinaire*, Charlotte Sheedy, a Neeti Madan y a David Forrer; a las personas que leyeron el borrador de *Me llamo Bud, no Buddy* por sus recomendaciones: Pauletta Bracy, Joanne Portalupi, Joan Kettle, Manjuli Kodagoda, Ashly Flannery, Melanie Morrison, Jordan MacNevin y Rose Matte; a los muchos profesores y bibliotecarios que he conocido, que están en primera línea todos los días, dando tanto de ellos mismos a los jóvenes, entre los cuales están: John Jarvey, Ray Kettle, Terry Fisher, Janet Brown, Jean Brown, Elaine Stephens, Teresa Jindo, Kylene Beers, Teri Lesesne. ¡Qué trabajo tan hermoso y tan culludo hacen!

También quiero darle las gracias a un grupo de autores que me ha dado generosamente ánimo en todas y cada una de las oportunidades: Jacqueline Woodson, Ralph Fletcher, James Ransome, Arnold Adoff, Graham Salisbury, Jerry Spinelli, Ashley Bryan y Robert Cormier; y especialmente a dos escritores que no tienen ni idea de lo que su ejemplo y sus palabras han significado para mí: Paula Danziger y Chris Crutcher.

Hay también un grupo de personas cuya amistad, apoyo y estímulo forman parte tan integral de mi vida que no hay necesidad de mencionarlas. Sin embargo, para evitar cualquier escena desagradable, miradas atravesadas y alteraciones generales de mi vida cotidiana, sé que tengo que hacerlo en cualquier caso: mi gratitud especial a Steven Curtis, Cydney McKenzie Curtis, Leslie Curtis, Cydney Eleanor Curtis, Joan Taylor, Lynn Guest, Maureen Flannery, Celestine Crayton, Kathleen Small y Liz Ivette Torres.

Vaya también mi gratitud a Betty Carter, de Flint, la inspiración musical de la señorita Thomas.

Y, por último, gracias eternas a dos personas que han contribuido de forma decisiva a mi carrera de escritor: a mi editora Wendy Lamb, que ha tenido la gentileza de no decirme jamás «te lo dije», y a mi madre, Leslie Curtis, que significó todo para mí y para mis hermanos.

Capítulo 1

Estábamos todos en línea esperando el desayuno cuando llegó una de las trabajadoras sociales haciendo sonar sus zapatos, *tuptuptup*, a lo largo de la fila. Vaya, vaya, eso significaba malas noticias: o habían encontrado unos padres adoptivos para alguien o alguien iba a recibir su merecido. Los chicos contemplaban a la mujer mientras se desplazaba a lo largo de la fila, con sus zapatos de tacón alto sonando como petardos sobre el suelo de madera.

¡Caray! Se detuvo ante mí y dijo:

—¿Eres Buddy Caldwell?

—Me llamo Bud, no Buddy, señora —dije. Me puso la mano en el hombro y me sacó de la fila. Entonces se dirigió a Jerry, uno de los pequeños:

—¿Eres Jerry Clark?

Él asintió.

—¡Chicos, buenas noticias! ¡Ahora que ha terminado el colegio, los dos han sido aceptados provisionalmente en nuevas familias! ¡Y van a empezar esta misma tarde!

Jerry preguntó lo que yo estaba pensando:

—¿Juntos?

—Qué va, Jerry, en absoluto. Tú vas a una familia con tres niñas... —dijo ella.

La cara de Jerry cobró el aspecto que hubiera tenido al oír que lo iban a meter en una olla de leche hirviendo.

—... y Bud... —dijo la trabajadora social mientras leía unos papeles que llevaba en la mano—. Tú vas a estar con el señor y la señora Amos y su hijo, que tiene doce años, o sea, dos años mayor que tú, ¿no es así, Bud?

—Sí, señora.

—Estoy segura de que ambos van a ser muy felices —concluyó.

Jerry y yo nos miramos. La mujer dijo entonces:

—Vamos, vamos, chicos. No hay necesidad de poner esas caras tan tristonas. Ya sé que no entienden lo que quiero decir, pero el país atraviesa una depresión enorme. La gente no encuentra trabajo y son días muy difíciles para todos. Han tenido la enorme suerte de dar con dos familias maravillosas que les han abierto sus puertas. Creo que lo mejor es que les demostremos a nuestras familias adoptivas que somos muuuyyy...

Alargó la palabra muy, esperando que nosotros termináramos la frase por ella.

Jerry concluyó:

—... alegres, colaboradores y agradecidos.

10

Yo moví los labios y susurré algo parecido.

Ella sonrió y dijo:

—Por desgracia no van a tener tiempo de desayunar. Les he metido un poco de fruta en una bolsa. Vayan inmediatamente a los dormitorios, quiten la ropa de la cama y recojan sus cosas.

Otra vez. Me sentí como si caminara en sueños mientras seguía cabizbajo a Jerry hacia la habitación donde estaban las camas de los chicos, unas junto a otras. Esta era la tercera casa adoptiva a la que iba y estaba más que acostumbrado a hacer el equipaje y a marcharme, pero todavía me sorprende que hay siempre algunos segundos, justo cuando me dicen que tengo que irme, en los que algo me corre por la nariz, se me cierra la garganta y los ojos me pican. Pero las lágrimas ya no me salen; no sé cuándo me ocurrió por primera vez, pero parece que mis ojos ya no lloran más.

Jerry se sentó en su cama y vi que había perdido la batalla contra el llanto. Las lágrimas brotaban de sus ojos y le corrían por las mejillas.

Me senté junto a él y le dije:

—Sé que estar en una casa con tres niñas suena terrible, Jerry, pero es muchísimo mejor que aguantar a un chico un par de años mayor que tú. Yo soy el que va a tener problemas. Un chico mayor siempre quiere pelear, pero las niñas te van a tratar estupendamente. Te van a tratar como si fueras un cachorro especial o algo así.

—¿De verdad lo crees? —preguntó Jerry.

—Te lo cambiaría ya. Lo peor que te ocurrirá es que vas a tener que jugar mucho a las casitas. Se empeñarán en que seas su bebé, ya verás, y te darán abrazos y todo ese rollo todo el tiempo —contesté.

Le hice cosquillas debajo de la barbilla y agregué:

—Gagá, gugú, chiquichiquichiqui.

Jerry no pudo evitar una sonrisa.

—Vas a estar estupendamente —añadí.

Jerry me miró como si hubiera dejado de tener miedo, así que me dirigí a mi cama y empecé a prepararme.

Aunque era yo el que iba a tener un montón de problemas, no podía evitar sentir lástima por Jerry. No solo porque iba a tener que vivir con tres niñas, sino porque seis años es realmente una edad muy difícil. La mayor parte de la gente cree que eres un verdadero adulto cuando cumples quince o dieciséis años, pero no es verdad, el asunto empieza realmente a los seis.

Es a los seis años cuando los mayores dejan de pensar que eres un niño gracioso, te hablan en serio y esperan que entiendas todo lo que te dicen. Y más te vale que sea así, porque si no vas a tener problemas de los gordos. Es hacia los seis años cuando los mayores dejan de darte bofetadas para darte golpes que te tiran al suelo y que te hacen ver las estrellas en mitad del día. En el primer hogar adoptivo donde estuve lo aprendí rápidamente.

Los seis años es una mala edad también porque es cuando algunas cosas horribles le empiezan a ocurrir a tu cuerpo, como que los dientes comienzan a aflojársete en la boca.

Te despiertas una mañana y parece como si tu lengua fuera la primera en darse cuenta de que pasa algo raro, porque cuando te levantas ahí está empujando y frotándose contra uno de tus dientes delanteros y, puedes apostar lo que sea a que ese diente está un poco flojo.

Al principio te parece hasta divertido: el diente se afloja, se afloja y se afloja, y un día, mientras lo estás empujando con la lengua, terminas desprendiéndolo completamente. Es la cosa más horrible que puedas pensar, porque pierdes el control de tu lengua y no vale ningún esfuerzo para pararla: no deja en paz el nuevo agujero que tienes en la boca y se pone a excavar en el sitio donde estaba el diente.

Cuando le dices a algún adulto lo que te pasa, todos te contestan que es normal. Pero tampoco es que puedas estar muy seguro, y además te da pánico cuando piensas que los adultos vean tan normal que partes de tu cuerpo que están perfectamente bien empiecen a aflojarse y se te caigan.

A menos que seas tan idiota como un poste de la luz, te preguntas a qué otra parte le tocará luego. ¿A un brazo, a una pierna, al cuello? Todas las mañanas, cuando te levantas, te da la impresión de que muchas partes de tu cuerpo no están tan pegadas a él como solían estarlo.

Tener seis años es duro de verdad. Esa era mi edad cuando vine a vivir aquí, al Hogar. Esa edad tenía cuando murió mi mamá.

Doblé la manta y la sábana y las puse sobre el colchón. Entonces me agaché para sacar mi maleta de debajo de la cama. La mayoría de los chicos del Hogar guardan sus cosas en bolsas de papel o de tela, pero no es mi caso: tengo mi propia maleta.

Me senté en la cama y aflojé la cuerda que la mantenía cerrada. Haga lo que haga, todas las noches, antes de acostarme, compruebo que todo está en su sitio. Como cada vez había más y más chicos que llegaban al Hogar todos los días, tenía que asegurarme de que nadie se había fugado con mis cosas.

Primero levanté mi manta y vi que todo estaba como tenía que estar. En el fondo de la maleta estaban las hojas publicitarias. Saqué una azul y la miré de nuevo.

El papel empezaba a desgastarse de tanto mirarlo, pero me gustaba comprobar si había algo que no hubiera notado antes. Era como si algo me dijera que la hoja contenía un mensaje para mí, pero yo carecía de la clave que servía para entenderlo.

A lo largo de la parte superior de la hoja y escrito en grandes letras negras estaban las palabras SOLO POR UNOS DÍAS. Debajo, y con letras más pequeñas, decía: "Directamente y en exclusiva desde Nueva York". Más abajo, y de nuevo con letras muy grandes, "¡¡¡¡Herman E. Calloway y los Rítmicos Devastadores de la Depresión!!!!". Tantos signos de admiración me hacían pensar que el anuncio era sumamente importante. Parecía que tenías que ser verdaderamente grande para merecer todos esos cuatro signos de admiración puestos en fila de ese modo. Después se leía "Maestros del Nuevo Jazz" y en el centro había una fotografía borrosa de un hombre del que yo tenía una buena sospecha. Nunca me había encontrado con él, pero algo me decía muy dentro de mí que ese tipo era mi padre.

En la fotografía estaba de pie junto a una especie de violín gigantesco, más alto que él. Tenía aspecto de ser muy pesado y parecía que se esforzaba por mantenerlo recto. Había debido de estar haciéndolo durante mucho tiempo y tenía que resultar muy cansado, porque su mirada parecía como ida, como si soñara. Junto a él había dos hombres más, uno que tocaba unos tambores y otro que soplaba una

14

trompeta. Mirando esta fotografía no era muy difícil imaginar cómo debía de ser el tipo que podía ser mi padre. Te dabas cuenta de que era alguien realmente tranquilo, amistoso, listo; se reflejaba en su cara. Debajo de la fotografía alguien había escrito con tinta negra "Única noche en Flint, Michigan, en el Luxurious Fifty Grand. Día 16 de junio de 1932, sábado. De las nueve hasta las...".

Recuerdo que mi mamá había traído esta hoja un día al volver del trabajo; lo recuerdo porque estaba muy nerviosa cuando la puso sobre la mesa de comer y no dejaba de cogerla y de mirarla y la volvía a coger y la volvía a dejar. Yo solo tenía seis años y no podía entender por qué estaba tan alterada. Había otras cuatro muy parecidas encima de su cómoda, pero solo esta la había puesto muy nerviosa. La única diferencia que veía entre la azul y las otras era que las otras no decían nada de Flint.

Recuerdo también la hoja azul porque no pasó mucho tiempo desde que mi mamá la trajera a casa, yo llamara a la puerta de su dormitorio y la encontrara muerta.

Puse la hoja azul en mi maleta con las otras cuatro y coloqué todo como estaba. Fui a la enorme cómoda, saqué mi muda y la metí también en mi maleta, até de nuevo el cordón alrededor de esta y me senté en la cama de Jerry junto a él. Jerry debía de haber estado pensando tan intensamente como yo, porque ninguno de los dos dijo nada. Nos limitamos a sentarnos tan juntos que nuestros hombros se tocaban.

Aquí vamos de nuevo.

Capítulo II

Cuando llevas las de perder llega un momento en que deja de tener sentido seguir luchando. No es que seas un gallina, es que tienes la sensatez de saber que hasta ahí has llegado.

Pensaba esto mientras Todd Amos me golpeaba tan dura y tan velozmente que sabía que la sangre que me salía por la nariz era solo el principio de una larga lista de cosas malas que estaban a punto de ocurrirme.

El siguiente directo de Todd se estrelló en un lado de mi cabeza y me lancé al suelo, donde levanté las rodillas hasta el pecho como si fuera una tortuga en su caparazón. Empecé a arrastrarme hacia la cama con la esperanza de meterme debajo de ella.

Todd empezó entonces a darme patadas, pero con sus zapatos no podía hacerme ni la mitad de daño que me había hecho con sus puños. En ese momento se abrió la puerta del dormitorio y su madre, la señora Amos, entró en la habitación. Parecía que no comprendía lo que pasaba, porque la pierna derecha de Todd se había cansado de golpearme y cambió a la izquierda mientras ella miraba.

Finalmente, la señora Amos dijo en voz baja:

—¿Toddy?

Todd levantó la vista, cayó de rodillas y se llevó las manos a la garganta. Ya en el suelo, arrodillado, empezó a jadear y a toser, con los ojos saliéndosele de la cabeza y el pecho subiendo y bajando con tanta fuerza que parecía que algún gran animal que tuviera dentro intentara salir. Esta fue mi oportunidad para meterme debajo de la cama y tirar de las mantas para que no pudieran verme.

La señora Amos se dirigió corriendo a su hijo y, arrodillándose junto a él, le rodeó los hombros con sus brazos.

—¿Toddy? ¡Toddy, hijo! ¿Estás bien?

Miró hacia donde yo atisbaba el panorama desde debajo de la cama.

—¡Tú, canalla! ¡¿Qué le has hecho a Toddy?!

Todd, tosiendo, dijo:

—... ¡Ay, madre!

Tomó dos gigantescas bocanadas de aire y añadió:

—Solo intentaba ayudar... —parecía un caballo que ha corrido demasiado un día de invierno—, y... fíjate lo que me ha hecho.

Todd se señaló la mandíbula y la señora Amos y yo pudimos ver una huella perfecta de la forma de mi mano grabada en su mejilla. Con un contundente tirón, la madre de Todd me sacó de debajo de la cama y me dejó tendido en el suelo junto a él.

—¡¡Pero cómo te has atrevido!? ¿Así es como me pagas lo que hago por ti? ¡No solo le has pegado, sino que le has provocado un ataque de asma!

—¡No he hecho otra cosa que despertarlo para cerciorarme de que había ido al excusado, madre! Solo intentaba ayudar —dijo Todd.

Me apuntó con su dedo y añadió:

—Míralo, madre, tiene todo el aspecto de ser un mojacamas.

No presumo si digo que soy uno de los mejores mentirosos del mundo, pero no tengo más remedio que reconocer que Todd era condenadamente bueno. Parecía como si supiera alguna de las cosas que yo sé, las cosas que yo intento recordar todo el tiempo para no repetir el mismo error más de siete u ocho veces. Me sé de memoria tantas de ellas que les he puesto número y todo, y parecía como si Todd supiera perfectamente la regla número 3 de las "Reglas y Cosas para tener una vida más divertida y ser un mentiroso cada vez mejor" de Bud Caldwell.

REGLAS Y COSAS NÚMERO 3
Si tienes que decir una mentira, asegúrate de que sea sencilla y fácil de recordar.

Es lo que había hecho Todd. Pero no era una prueba buena de verdad porque los oídos de la señora Amos daban crédito a todo lo que Todd dijera. Para ella, todo lo que dijera Todd iba a misa.

Pero no puedo culpar a Todd por mentir de ese modo, porque tener a alguien que te quiere tanto que piensa que todo lo que dices es cierto debe de ser el paraíso de un mentiroso, y tiene que hacerte sentir tan bien que podría quitarte las ganas de mentir. Pero tal vez no, porque Todd no había dejado de mentir desde que entré en su casa.

Lo que realmente había ocurrido es que me desperté de un profundo sueño porque sentí como si una locomotora de vapor se hubiera salido de las vías y hubiera entrado directo por mi nariz a toda velocidad. Di un salto en la cama y abrí los ojos: Todd estaba junto a mí con un lápiz amarillo en una mano. Lo miraba como si fuera un termómetro y dijo:

—¡Uau! ¡Te lo he metido hasta la "r"!

Volvió el lápiz hacia mí y pude ver la palabra *Ticonderoga* impresa en la madera amarilla.

Todo el cuarto olía a la goma del borrador y yo parpadeaba con el ojo izquierdo, que me lloraba sin cesar porque parecía que algo se me había metido detrás de él.

Todd se rió:

—Nunca había conseguido meterlo hasta más allá de la ene en ninguna nariz de los otros vagabundos; puede que me guste que estés en casa. ¿Quién sabe en qué otras cosas podrías ser el número uno, Buddy?

Yo le había dicho dos veces que me llamaba Bud, no Buddy. No me importaba que Todd Amos tuviera doce años, no me importaba que fuera dos veces más grande que yo, y tampoco me importaba que su madre recibiera dinero por cuidarme. No iba a permitir que nadie me llamara Buddy ni que me metiera un lápiz por la nariz hasta la mismísima "r".

Lancé un puñetazo a la carota de Todd tan fuerte como pude.

En algún momento entre el instante en que solté el golpe y el momento en que aterrizó en la cara de Todd, abrí la mano y se produjo un sonido semejante al disparo de un rifle del calibre 22. Todd cayó al suelo como fulminado.

Escupió y murmuró no sé qué y se tocó el sitio donde le había dado. Entonces su cara reflejó una gran sonrisa, se levantó y empezó a andar muy despacio hacia mí, que estaba todavía en la cama. Se desató la bata y la dejó caer en el suelo como si estuviera preparándose para hacer un trabajo duro.

Salté al suelo y levanté los puños. Todd podría ser mucho más grande que yo, pero haría bien en prepararse, porque no iba a toparse con un manso corderito que se dejara sacudir. Estaba muy equivocado si creía que iba a dejar que me golpeara sin ofrecer resistencia.

Dármelas de valiente resultó bastante tonto. Aunque Todd era un chico gordito, rico y mimado por su mamá, que llevaba bata y zapatillas, podía golpear con la fuerza de un mulo y no pasó mucho tiempo antes de que yo decidiera que uno tiene que saber hasta dónde uno puede llegar.

Pero la historia que la señora Amos escuchaba de su mentiroso hijo era que todo lo que él había hecho era intentar despertarme para que fuera al excusado.

La señora Amos odiaba a los *mojacamas* más que ninguna otra cosa en el mundo: mi cama tenía una olorosa, pegajosa y caliente goma que cubría el colchón. Había dicho que no era nada personal; que después de que yo hubiera dado pruebas a lo largo de dos o tres meses de que no era un mojacamas podría tener unas sábanas de tela, pero que hasta ese momento tenía que proteger el colchón.

Puso a Todd en pie y lo llevó hasta la puerta. Entonces se volvió hacia mí y dijo:

—Eres una bestia y no voy a tolerar que pases ni siquiera una noche bajo mi techo. ¿Quién sabe lo que podrías ser capaz de hacer mientras dormimos?

La puerta se cerró tras ellos y oí una llave tintinear en la cerradura.

Me tapé el lado derecho de la nariz e intenté con todas mis fuerzas eliminar el olor de la goma del borrador resoplando con todas mis fuerzas.

La llave volvió a sonar en la cerradura. Esta vez, cuando se abrió la puerta, el señor Amos estaba de pie junto a su esposa. Llevaba mi maleta y, vaya, la habían abierto. Lo supe porque la cuerda que la mantenía cerrada estaba atada con un tipo de nudo que yo no conocía.

Eso estaba muy mal: habían prometido guardarla bien y no abrirla. Se rieron en mi cara cuando se lo hice prometer, pero lo prometieron.

—Chico —dijo la señora Amos—, no me sorprende lo más mínimo tu muestra de ingratitud. El Señor sabe que mi propia gente me ha decepcionado antes. Pero mírame bien porque soy alguien que está totalmente harta de ti y de los de tu clase. No tengo tiempo que perder con la necedad de los miembros de nuestra raza que no desean mejorar. Por la mañana me pondré en contacto con el Hogar y te devolveré a ellos como si fueras una moneda falsa. Pero soy una mujer de palabra y no pasarás la noche en mi casa.

Miró a su marido y continuó:

—El señor Amos te llevará al cobertizo esta noche; mañana por la mañana podrás desayunar con nosotros antes de irte. Espero que la conciencia no te deje dormir porque has estropeado las cosas para muchos otros. De verdad que no sé si seré capaz de ayudar a otro niño necesitado de nuevo. Sé, sin embargo, que no permitiré que un gusano ataque a mi pobre hijito en nuestra propia casa.

Ella hablaba así y ni siquiera era predicadora o maestra. Hablaba así de raro y ni siquiera era bibliotecaria.

Solo escuché a medias lo que la señora Amos decía, porque estaba demasiado ocupado en no quitar la vista de mi maleta preguntándome si me habían robado algo y pensando en cómo vengarme.

Cuando creí que había terminado de hablar extendí la mano hacia mi maleta, pero la madre de Todd le dijo a su marido:

—Oh, no, retendremos sus amadas posesiones.

Se rió y añadió:

—Será nuestro seguro para que no falte nada de la casa y este animalejo siga aquí por la mañana. Está demasiado apegado a sus tesoros para ir a ninguna parte sin ellos.

La señora Amos era uno de esos adultos que siempre puede pensar en una cosa más que decir:

—Y eso no es todo: antes de que te retires al cobertizo tienes que pedirle perdón a Todd o me veré obligada a darte la paliza de tu vida.

Estaba tan preocupado por mi maleta que ni siquiera me había dado cuenta de la gruesa correa negra de afilar que colgaba de la mano de la señora Amos.

No tenía que preocuparse, pediría perdón. Con una paliza de los Amos tenía más que suficiente.

Me agarró del brazo. El señor Amos salió de la habitación con mi maleta y la señora Amos me bajó hasta el cuarto de Todd a tirones. Nos quedamos de pie junto a la puerta escuchando los gruñidos de Todd. Cuando el señor Amos volvió, mi maleta había desaparecido. Había sido tan rápido que sabía que no podía estar demasiado lejos.

La señora Amos llamó a la puerta de Todd y preguntó:

—Toddy, ¿podemos pasar?

Los gruñidos de Todd se hicieron mucho más fuertes. Por fin contestó:

—Sí, madre… —tos, resuello—, pasa.

Abrimos la puerta. Cuando Todd me vio puso cara de terror. Retrocedió hasta la cabecera de la cama y se tapó la cabeza con los brazos.

La señora Amos me sacudió y dijo:

—¿Bien?

Bajé la cabeza y empecé a disparar disculpas como si fuera John Dillinger disparando balas en todas direcciones. Apunté primero a Todd:

—Sé que hice mal pegándote. Sé que solo intentabas ayudar y siento mucho lo que hice.

Entonces miré al señor Amos y agregué:

—Señor, siento haberlo despertado.

El señor Amos puso los ojos en blanco como diciendo que era suficiente.

La señora Amos iba a ser la peor, porque igual que tenía los oídos sintonizados para creer todo lo que saliera de los labios de Todd, estaban sintonizados al mismo tiempo para no creer nada de lo que yo dijera. Y si no mentía, pero que muy bien, iba a usar la correa conmigo. Estos Amos podían parecer unos pasteles de crema pero, si la señora Amos se asemejaba en algo a Todd, me daba la impresión de que podía zurrarme muy duro.

—Señora Amos, le agradezco mucho toda su ayuda. Estoy muy apenado por lo ocurrido. Lo siento.

La miré, me di cuenta de que necesitaba más y añadí:

—Si me da otra oportunidad, prometo que me portaré muy bien. No llame al Hogar, por favor, no me devuelva allí, por favor, por favor.

Volver al Hogar era justamente lo que yo quería, pero era lo mismo que hacía Hermano Conejo, un personaje de uno de los libros que mi mamá solía leerme por la noche, cuando gritaba: "¡Por favor, por favor, Hermano Zorro, no me tire a la mata de ortigas, por favor, por favor, no me tire!". Esta era otra de las "Reglas y Cosas para tener una vida más divertida y ser un mentiroso cada vez mejor" de Bud Caldwell.

REGLAS Y COSAS NÚMERO 118
**Les tienes que dar a los adultos algo que crean
que pueden utilizar para herirte quitándotelo. De esa
forma, no te quitarán nada que tú quieras de verdad.
A menos que estén locos o sean tontos de remate
no te lo quitarán todo, porque si lo hicieran
no les quedaría nada con lo que amenazarte
o herirte después.**

Dejé de hablar y le di a la señora Amos la oportunidad de que cayera en la trampa. Acercó una de sus manos a mi cara y dijo:

—Basta. Señor Amos, dale la manta y la almohada y llévalo al cobertizo.

—Oye, Buddy, mantén los ojos muy abiertos porque el cobertizo está lleno de murciélagos vampiros.

Era como un milagro. El asma de Todd había desaparecido y de repente se convertía en una cotorra.

—Ah, y mucho ojo con las arañas y los ciempiés, Buddy. Al último chico que metimos allí le picaron tanto que estaba hinchado como una ballena cuando fuimos a sacarlo por la mañana.

Supongo que no me mostré lo suficientemente asustado, porque Todd siguió diciendo:

—Al chico anterior no lo han encontrado hasta hoy. Todo lo que quedó de él fue un charco de sangre en el suelo. ¿No es así, mamá?

La señora Amos respondió:

—Vamos, Toddy, calla ya, que lo único que vas a conseguir es cansarte más.

Me di cuenta de que no negaba lo que decía Todd sobre los vampiros, los ciempiés, las arañas y los charcos de sangre. Mientras seguía al señor Amos, buscaba ansiosamente mi maleta con la mirada.

Cuando llegamos a la cocina lo primero que vi fue una escopeta de dos cañones apoyada sobre un lado de la nevera. No me dio tiempo a preguntarme a qué le temerían tanto que les hacía tener un arma tan grande como esa tan a mano porque, de repente, vi que mi maleta estaba debajo de la mesa de la cocina. No dejé que el señor Amos se diera cuenta, pero me tranquilizó mucho. Salimos por la puerta de la cocina y recorrimos unos cuantos metros en la oscuridad.

Dimos la vuelta hasta llegar a la parte de atrás del cobertizo; el señor Amos metió una llave en el candado que aseguraba la puerta. Tintineó una cadena, el candado se abrió y la puerta cedió con un chirrido. Aunque también afuera era de noche, la oscuridad del cobertizo era diferente, daba más miedo; era una oscuridad más fría, con más grises y más sombras. Un olor rancio lo invadía todo. Parecía como si fuera el olor perfecto para aquel lugar.

El señor Amos me empujó y yo di un pasito en el interior del cobertizo. Estaba muy equivocado si pensaba que iba a suplicarle y a decirle cosas como "¡haré todo lo que ustedes me digan si no me encierra aquí solo!". Metí la lengua entre los dientes y apreté, porque sé que muchas veces el cerebro quiere ser valiente, pero la boca puede traicionarlo dejando escapar algún cloqueo de gallina.

Me metí un poco más adentro y miré en torno mío. Justo debajo de la ventana vi una pila de madera. Frente a ella había un montón de polvorientas telas de araña; alguien había pegado hojas de periódicos viejos en el cristal para que los chicos a los que encerraban allí no pudieran mirar al exterior. El señor Amos me arrojó la manta y la almohada y me dio otro empujón que me metió otros dos pasos en el interior del cobertizo. Miré entonces al suelo. Si hubiera sido un niño normal me hubiera echado a llorar, pero yo me limité a quedarme de pie allí, respirando muy fuerte. Menos mal que me había mordido la lengua porque estuve a punto de largarle algunos ruegos estúpidos al señor Amos. ¡En el centro del suelo había una gran mancha negra! ¡Iban a hacerme dormir de verdad en un cobertizo con una mancha de sangre de un chico que había desaparecido allí hacía un par de semanas!

Cuando el señor Amos cerró la puerta, la oscuridad fue completa durante un momento. Ahora no podía ver la mancha, pero se me había grabado en la memoria el sitio exacto donde estaba.

El candado se cerró con el chasquido más fuerte que he oído en toda mi vida.

Capítulo III

Lo único que podía oír era mi respiración. Sonaba tan fuerte como si hubiera seis personas aterrorizadas dentro del cobertizo.

Cerré los ojos y me concentré en normalizarla. Al poco tiempo el sonido era como si las otras cinco personas aterrorizadas hubieran salido del cobertizo. Todavía estaba asustado, pero ahora se trataba del miedo estoymuynerviosoyquieromoverme.

No pasó mucho tiempo antes de que mis ojos se acostumbraran a la oscuridad. En una esquina, junto a unos cuantos rastrillos grises y unos harapos grises, había una lata de gasolina gris, y un neumático gris junto a algunas cañas de pescar grises. Quizá el señor Amos solo había fingido que cerraba la puerta.

Alargué la mano hasta el picaporte gris y en un segundo pasé de estar algo calmado, a estar tan *paniqueado*, que casi se me escurren las babas hasta la camisa.

En la mitad de la puerta había tres pequeñas y planas cabezas de monstruo que vigilaban el picaporte.

Cada cabeza tenía dos pequeños ojos redondos que me miraban fijamente. Los ojos eran lo único del cobertizo que no era gris, sino de un amarillo brillante, con una gran mancha negra exactamente en el centro.

Dejé caer la manta y la almohada y retrocedí hasta que mis piernas chocaron con la pila de madera que tenía detrás de mí. Guiándome por la fuerte respiración, podía pensarse que las otras cinco personas aterrorizadas habían vuelto y que además habían traído un par de amigos asustados con ellos.

Cada cabeza tenía una boca completamente abierta con unos dientes afilados y puntiagudos y unos labios que se estiraban hacia atrás listos para morder. Sentí que el cobertizo se hacía más y más pequeño y que las boquitas se acercaban más y más.

Entonces me di cuenta de lo que veía. Los guardianes del picaporte eran tres cabezas de pescado disecadas que alguien había clavado en la puerta.

Corrí hasta el montón de harapos y después de sacudir uno de ellos con un zapato para asegurarme de que no hubiera ratas ni ciempiés debajo, lo cogí y tapé con él las cabezas de pescado, para no verlas y para que no pudieran verme a mí.

Recogí la manta y la almohada intentando decidir cuál era el mejor lugar para dormir. Sabía que en el suelo sería inútil: aposté que había toda clase de insectos y cucarachas arrastrándose de un lado a otro.

Recordé lo que le había ocurrido a mi mejor amigo, el Alimaña, cuando una cucaracha se le metió por un oído una noche en el Hogar. Cuatro adultos habían sujetado al Alimaña mientras otro intentaba sacársela con un par de pinzas. Lo único que habían conseguido era arrancarle unas cuantas patas. Cuando le metieron las pinzas al Alimaña por la oreja, parecía que le estaban arrancando las piernas a él. Nunca he oído a un chico gritar de ese modo.

Después de un cuarto de hora de chillidos dijeron que iban a llevarlo a urgencias para sacarle la cucaracha: casi había amanecido cuando el Alimaña volvió. Todo el mundo dormía menos yo.

Esperé a que lo acostaran y apagaran las luces.

Le pregunté entonces:

—¿Te la sacaron?

Él respondió:

—Ah, hola, Bud. Sí, me la sacaron.

—¿Te dolió mucho?

—No.

—¿Tuviste miedo?

—No.

—Entonces, ¿por qué diablos gritabas de esa manera?

—No me di cuenta; quizá es que no podía oírme gritar por el ruido que hacía la cucaracha.

He visto muchas cucarachas, pero nunca he oído a ninguna hacer ruido, así que dije:

—¿Ruido, cómo?

—Pues mira, los insectos no son tan diferentes de nosotros como tú crees, así que en cuanto vio esas pinzas que venían por ella se asustó y se puso a dar chillidos. Además gritaba en nuestro idioma, no en el lenguaje de los insectos, que es lo que te esperarías de una cucaracha.

—¿Sí? ¿Y qué decía?

—Todo lo que decía era: "¡Mis patas! ¡Mis patas! ¿Qué le han hecho a mis patas?".

Apostaría mil dólares a que había cucarachas en el suelo de este cobertizo esperando la ocasión propicia para meterse en el oído de alguien. Y apostaría también que la familia Amos no habría intentado sacarlas y... ¿quién sabe durante cuánto tiempo habría tenido que oír los gritos de una cucaracha aterrorizada en mi tímpano?

Extendí la manta sobre la pila de madera y quedé al mismo nivel que la ventana. Cogí entonces un trozo de corteza y limpié todas las telarañas que había frente a ella y luego puse la mano sobre el cristal para ver si las hojas de periódico estaban pegadas desde el interior o por el exterior: toqué papel.

Separé los dedos hasta que mi mano tuvo el aspecto de un abejorro cubierto de brillantes franjas amarillas y negras. Era un sitio estupendo para hacer figuras con las sombras, así que mi mano se convirtió en un lobo y en un perro y en un pato.

Después de un rato me aburrí, así que raspé el papel con las uñas a ver si podía ver algo hacia afuera, pero me gusta tener las uñas muy recortadas y no podía arrancar el papel.

Saqué mi navaja e intenté raspar el papel de periódico con ella. El papel salía en finas tiras, parecidas a esas cosas que se tiran los ricos unos a otros en las fiestas de fin de año.

Finalmente conseguí hacer un agujero lo bastante grande para mirar fuera y pegué un ojo contra el cristal. Podía ver la parte trasera de la casa de los Amos con claridad.

Había una luz encendida: tenía que tratarse del dormitorio del señor y la señora Amos. La poca luz que entraba por el agujero de la hoja del periódico me calmó lo suficiente como para apoyar la cabeza en la almohada y echar un sueñecito.

Cuando abrí los ojos, lo primero que noté fue que la luz del dormitorio de los Amos estaba apagada. La siguiente cosa que vi me hizo desear no haberme despertado.

¡En la parte más alta del techo del cobertizo vi al murciélago vampiro más grande que jamás había visto! Colgaba cabeza abajo, dormido, pero mi olor, que subía hacia él, lo despertaría de un momento a otro.

Agarré la ventana y tiré de ella para intentar abrirla: se movió un par de centímetros.

Me deslicé por la pila de madera y me arrastré hacia la puerta guardada por las cabezas de pescado. Levanté la mano y... ¡el picaporte giró! ¡El señor Amos intentaba ayudarme! Pero, después de que la puerta se abriera, hubo un crujido y la cadena y el candado del exterior la mantuvieron en su sitio.

Miré hacia atrás para ver si el murciélago se había despertado: estaba aún profundamente dormido.

Igual que llega el momento en que una persona inteligente piensa "ya es suficiente", hay un momento en el que sabes cuándo tienes que empezar a luchar. No tenía la menor intención de permitir que ese vampiro me chupara la sangre sin pelear duramente; estaba muy equivocado si creía que era eso lo que iba a ocurrir.

Me puse de rodillas y agarré el rastrillo gris. Volví a la pila de madera. Estaba tieso de frío. Por dentro me temblaba todo.

Me subí a la pila de madera y cogí el rastrillo como si fuera un bate de béisbol. Miré hacia donde estaba el murciélago dormido y eché atrás el rastrillo como si fuera a anotar el mejor *home run*. Justo antes de batear, recordé otra de las "Reglas y Cosas para tener una vida más divertida y ser un mentiroso cada vez mejor" de Bud Caldwell.

REGLAS Y COSAS NÚMERO 328
Cuando te decides a hacer algo, apresúrate y hazlo.
Si esperas, tal vez te convenzas de que no
debes hacer lo que querías hacer.

No podía acordarme con seguridad de si para matar un vampiro había que clavarle una estaca en el corazón o dispararle una bala de plata.

Si estaba equivocado y no mataba al murciélago de una vez, iba a verme atrapado en el cobertizo con un vampiro que probablemente estaría muy molesto porque alguien lo había despertado golpeándolo con un rastrillo.

Saqué la navaja del bolsillo y la abrí. De ese modo, si no lo mataba con el rastrillo y se dejaba caer sobre mí y terminábamos luchando en el suelo, quizá una hoja de plata en su corazón lo liquidaría igual que una bala de plata. A menos que eso solo valiera para los hombres lobo.

Levanté el rastrillo por encima de mi cabeza de nuevo, cerré los ojos y lo giré como si fuera un leñador a punto de tumbar un árbol de un solo golpe. Sentí que el rastrillo vibraba un poco al golpear el murciélago y abrí los ojos justo a tiempo para verlo cortado en dos. Me sorprendí de que no gritara o dijera algo así como: "¡Maldición, me has dado!".

En lugar de ello, el único sonido que oí fue una especie de crujido como el que producen dos trozos de papel cuando se frotan uno contra el otro o el de hojas secas arrastradas por el viento.

Lo que vi después fue incluso peor que si el vampiro hubiera dicho: "¡Ajá, niño de los demonios, eso me ha dolido, pero ahora voy a vengarme!".

Parecía como si alguien hubiera encendido una sierra mecánica en el cobertizo. De repente sentí como si me hubieran clavado un alfiler al rojo en la mejilla izquierda. Me toqué la cara y sentí algo repugnante y con púas. Cuando retiré la mano había agarrado a la avispa más grande y de peor aspecto que nunca había visto. Apreté la mano para aplastarla, pero lo que me gané fue otro picotazo en la palma.

Lo que pensaba que era un vampiro colgando cabeza abajo del techo era en realidad un nido de avispas: había aproximadamente seis mil de ellas volando por el pequeño cobertizo ¡y todas iban tras de mí!

Sentí otro alfilerazo en la rodilla y otro más dentro de uno de mis calcetines. ¡Puede que esta fuera la razón por la que al otro chico lo habían encontrado del tamaño de una ballena, hinchado por las picaduras de las avispas!

Metí la cabeza entre los hombros y cargué contra la puerta con todas mis fuerzas. La puerta retumbó contra la cerradura pero no se movió ni un centímetro. Todo lo que sucedió fue que el harapo con el que había cubierto las cabezas de pescado se cayó, yo reboté y me fui directo al suelo. Me puse en pie de un salto. Esta vez, cuando cargué contra la puerta, lo hice sacando la mano tal como Paul Robeson corre en el campo de rugby. No fue una idea muy buena, porque lo hice olvidando completamente las cabezas de pescado que vigilaban en la puerta. Metí los dedos hasta dentro en la boca del mayor y sus pequeños dientes me cortaron como hojas de afeitar. Saqué la mano de un tirón y grité.

El zumbido de otra avispa me avisó de una picadura en una de mis orejas: sentí como si alguien me hubiera echado cera hirviendo en el cerebro.

Lo único en lo que pude pensar fue en saltar sobre la pila de madera y reventar el cristal de la ventana. Agarré los picaportes de la ventana y les di un tirón más. Supongo que estar aterrorizado te da un montón de fuerza, porque esta vez conseguí abrirla con un sonoro golpazo. Tres avispas me encontraron al mismo tiempo y los cuatro nos precipitamos fuera a través de la ventana.

Tan pronto como tocamos el suelo, me alejé rodando del cobertizo tanto como pude. Me libré de las avispas que me habían utilizado de vehículo a palmotazos y me quedé allí tumbado hasta que conseguí recuperar el aliento.

Después de un rato, las picaduras y los mordiscos de las cabezas de pescado dejaron de dolerme tanto. Pero empecé a sentirme más furioso cada segundo que pasaba. Estaba furioso con los Amos, pero sobre todo estaba enojado conmigo mismo por creer que había un auténtico vampiro en el cobertizo y por quedarme atrapado sin que a nadie le importara lo que pudiera pasarme.

Me tranquilicé y empecé a pensar en cómo vengarme. Me pregunté lo fuerte que tendría que tirar del gatillo de la escopeta de dos cañones para dispararla. Me deslicé sin hacer ruido por los escalones del porche de la parte trasera para entrar en la casa. Quizá el vampiro no lo dijo, pero el único pensamiento que tenía en la cabeza era: "Ajá, malditos Amos, eso me ha dolido de verdad pero... ¡ahora voy a vengarme!".

Capítulo IV

No habían cerrado la ventana de la cocina. Se abrió con un par de chirridos y me encontré de golpe en la casa de los Amos, encogido como un gato ladrón. Rápido como un conejo, miré debajo de la mesa a ver si se habían llevado mi maleta. Aún estaba allí.

Me sentí mucho más tranquilo cuando la levanté y noté que pesaba lo que debía pesar. No creía que me hubieran quitado nada, pero no podía estar seguro hasta que no mirara dentro, y eso tenía que esperar.

Respiré profundamente y miré hacia la nevera para ver si la escopeta seguía allí. Dejé salir el aire de golpe cuando vi que continuaba en el mismo sitio. Parecía mentira que los Amos fueran tan tarugos como para dejar una vieja escopeta como aquella al alcance de cualquiera. ¿Qué pasaría si alguno de sus visitantes se enfadaba mucho con ellos por algo?

Dejé abierta la puerta trasera y puse la maleta en el primer escalón del porche, de modo que pudiera salir zumbando tan pronto me desquitara de lo que los Amos me habían hecho.

Abrí la puerta con mucho cuidado y entré de nuevo en la casa. Lo justo es justo: los Amos se merecían lo que iban a recibir.

Tampoco podía echarle toda la culpa a Todd por haberse portado conmigo como lo había hecho. Si yo tuviera un hogar normal con un padre y una madre, tampoco me gustaría que otros chicos vinieran a vivir a mi casa.

Pero que no te guste algo es una cosa, y torturar niños es otra. Tenía que asegurarme de que otros chicos que no sabían de sus padres no tuvieran que vérselas con Todd.

El corazón empezó a darme saltos en el estómago tan pronto agarré la escopeta. Era mucho más grande y pesada de lo que había pensado.

Al levantarla, pude darme cuenta de lo pesada que era la culata de suave madera marrón contra mi hombro. Teniéndola tan cerca de la cara podía oler el metal gris de los cañones y el aceite con el que el señor Amos la había engrasado.

Apunté con ella a la estufa imaginando que le disparaba a un elefante, a un dragón, a un tigre, o... ¡lo mejor de todo, a Todd!

Imaginé lo que sería llegar silenciosamente hasta su cama, sorprenderlo durmiendo y ponerle los dos cañones justo debajo la nariz.

Después de eso tendría que moverme deprisa para llegar hasta sus padres. A menos que durmieran como auténticos troncos, el disparo de la escopeta en el cuarto de Todd les daría una idea de que algo pasaba.

Bajé la escopeta. Estas cosas son en realidad demasiado peligrosas para jugar con ellas, y por eso la primera parte de mi plan de venganza consistía en quitar la escopeta de en medio.

Si algo iba mal y los Amos se levantaban, yo no quería que bajaran a todo correr a la cocina para coger la escopeta. Sabía que me dispararían sin pensarlo y le dirían al Hogar que había sido un accidente.

Llevé la escopeta afuera y la dejé en un rincón del porche trasero, donde no la verían hasta el día siguiente. Me sentí mucho mejor cuando me la quité de las manos.

Cuando volví a la cocina me puse a abrir armarios buscando algo donde echar agua. En el primero encontré el frasco de mermelada que me habían dado como vaso a la hora de la cena.

Lo llevé hasta el fregadero y abrí uno de los grifos. ¡Estos Amos tenían agua caliente en la casa! Dejé que el agua corriera para que se calentara y puse una toalla para que el chapoteo no resultara demasiado ruidoso.

Cuando el agua salió tibia, puse el frasco debajo y lo llené hasta el borde.

Me encaminé por el pasillo hasta llegar a la puerta de Todd, que se abrió sin dificultad. Fui de puntillas hasta su cama. Estaba profundamente dormido con las manos cruzadas sobre su pecho, como si lo fueran a enterrar.

Metí un dedo en el agua: parecía estar a la temperatura perfecta. Contuve la respiración y levanté una de las regordetas manos de Todd. Uno de los chicos mayores del Hogar me había dicho una vez que si metes la mano de alguien en agua caliente mientras duerme se orina sin remedio. Tiene algo que ver con química y biología y alguna válvula que se abre en tu interior y... tris, tras, patapún... mojas la cama.

Empecé por meter los dedos de Todd en el agua, pero no podía con más de dos a la vez. La cama de Todd seguía seca como el desierto.

Finalmente decidí que lo mejor era echarle el agua en sus pantalones de pijama.

Retiré las mantas y vacié el frasco.

Hizo un par de muecas y durante un segundo pareció que sus ojos iban a abrirse pero siguieron cerrados.

Entonces sonrió, el agua caliente que le había echado abrió la pequeña válvula y... tris, tras, patapún... ¡empapó la cama!

Salí de puntillas del cuarto, atravesé el vestíbulo y salí de la casa.

Mi frase favorita es "quien ríe de último, ríe mejor", así que me puse la mano sobre la boca y susurré "ja, ja, ja". Recogí mi maleta y eché a andar calle abajo.

¡Chico! Me había fugado, como si fuera el enemigo público número uno. Si J. Edgar Hoover y el FBI me atrapaban iba a estar con el "agua" hasta el cuello.

Capítulo V

Darse a la fuga fue muy divertido... durante unos cinco minutos más o menos. Con cada latido de mi corazón sentía que la sangre pasaba caliente y rápida por dentro de las picaduras y la mordedura de la mano. Pero no podía permitir que eso me hiciera ir más despacio, porque tenía que salir de esa vecindad tan rápido como fuera posible. Sabía que un chico de aspecto nervioso lleno de picaduras, sangrando y cargado con una vieja maleta no tenía aspecto de ser de por allí.

Mi única esperanza era la biblioteca de la zona norte. Si llegaba hasta allí, puede que la señorita Hill quisiera ayudarme; quizá lo entendiera y me dijera lo que tenía que hacer. Y, además, podía esconderme en el sótano de la biblioteca para dormir.

Era bastante más tarde de lo que nunca antes me había acostado y además tenía miedo de que la policía me agarrara. Tenía que ser cuidadoso de verdad, incluso en medio de la noche, incluso si me escurría agachándome y escondiéndome en la oscuridad como un gánster.

Cuando llegué a la biblioteca caminé entre una fila de gigantescos árboles de Navidad que estaban plantados junto al edificio. Había una puerta a un lado con una bombilla sobre ella, por lo que me mantuve andando entre las sombras que proyectaban los grandes árboles. Cuando llegué a las ventanas traseras, casi me echo a llorar. No se les había ocurrido otra cosa que ponerles grandes barrotes de metal.

Aunque sabía de sobra que era inútil, estuve tirando de ellos, pero eran barrotes gruesos, de auténtico acero.

Regresé hacia los árboles de Navidad. Tenían unas ramas lo bastante bajas como para que nadie pudiera verme así que me detuve y abrí la maleta. Mucha gente no tiene el sentido común de llevar una manta, pero nunca se sabe cuándo puedes terminar durmiendo debajo de un árbol de Navidad plantado junto a una biblioteca, por lo que yo siempre tenía la mía a mano.

Deshice los extraños nudos que los Amos habían hecho en mi cordel y levanté la tapa. Supe inmediatamente que habían estado rebuscando en mis cosas. En primer lugar, siempre que guardo la manta la coloco de tal modo que las demás cosas no se golpeen unas contra otras, pero esta maldita familia Amos la había metido de cualquier modo sin preocuparse de cómo quedaba.

Levanté la manta y comprobé que todo estaba allí. Bien podría decir de los Amos que eran una gente mezquina y metomentodo, pero no los podía llamar ladrones.

Cogí la vieja bolsa de tabaco donde guardaba mis piedras. También habían estado curioseando en ella. Lo sabía por la forma en que habían estirado el cordel que la cerraba. La sopesé un par de veces para comprobar que no faltaba ninguna de las piedras, pero la abrí y las conté de todas maneras. Estaban todas.

Después saqué la foto de mi mamá del sobre donde la guardo y la puse de tal modo que la luz que alumbraba la entrada a la biblioteca cayera sobre ella.

Parecía que los Amos no la habían estropeado. Esta era la única fotografía de mi mamá en el mundo. En la parte alta se veía una estrecha banderola en la que habían escrito CHICOS Y CHICAS, SIGAN LA SUAVE LUZ HASTA EL PARQUE CLARO DE LUNA. Debajo, entre dos grandes ruedas de carreta, estaba mi mamá.

Tenía más o menos la edad que tengo ahora y estaba enfurruñada. No puedo entender por qué tenía ese aspecto tan infeliz, con ese parque que parecía justamente el sitio donde te puedes divertir un montón.

En la fotografía, mi mamá estaba sentada sobre un poni de verdad. El animal lucía agotado, como lucen los grandes percherones, pero con un cuerpecillo jorobado donde la mayor parte de los caballos tienen un lomo recto.

Mi mamá estaba sentada en el centro del lomo y como no había ninguna silla supongo que se podría decir que montaba a pelo. Llevaba dos revólveres en las manos y, por la expresión de su rostro, se podía pensar que habría querido vaciarlos sobre alguien. Y yo sabía quién era ese alguien. Mi mamá me había dicho que era su padre, es decir, mi abuelo.

No se le había ocurrido otra cosa que fastidiarle la diversión a todo el mundo ese día peleándose con mi madre por el sombrero blanco de vaquero tamaño extra grande que ella llevaba.

Mi mamá decía: "Ese testarudo insistió, una y otra vez, en que me pusiera ese horrible sombrero".

El sombrero era casi tan grande como mamá y te dabas cuenta de que no era de verdad porque era tan alto que ningún auténtico vaquero lo hubiera podido llevar sin que se lo arrancaran de la cabeza las ramas de los árboles o los hilos del telégrafo.

Mi mamá me había contado que un hombre solía llevar el poni por el vecindario junto con una cámara, y que si tu mamá o tu papá firmaban un papel te hacía unas cuantas fotos y volvía un par de semanas después para que las compraras. Mi mamá no parecía ni una pizca contenta: en realidad estaba furiosa porque había tenido que ponerse un sombrero sucísimo.

Cuando me contaba esta historia sus ojos echaban chispas, como si hubiese ocurrido el día antes y no hacía ya tantos años. Empezaba a recorrer el apartamento a toda velocidad, levantando cosas y dejándolas en el mismo sitio.

—¡Sucio! —decía siempre del sombrero—. ¡Absolutamente asqueroso! ¡Repleto de gérmenes! ¿Quién sabe qué clase de gente se lo había puesto antes?

—No sé, mamá —contestaba yo.

—¿Quién sabe durante cuántos años lo habrán llevado quién sabe cuántas cabezas grasientas? —respondía ella.

—No sé, mamá —le decía.

—Toda la cinta de dentro estaba negra y estoy segura de que escondía gusanos, piojos y microbios —explicaba enfurecida.

—Sí, mamá —contestaba yo.

—Y a aquel espantoso fotógrafo no le importaba un pimiento. ¿Crees que se le habría ocurrido lavarlo alguna vez?

—No, mamá —respondía yo.

—Desde luego que no, le importábamos menos que el caballo al que maltrataba tanto —continuaba ella.

—Sí, mamá —asentía yo.

—¡Pero tu abuelo insistió! Hasta hoy no he conseguido entender por qué, pero él insistió, insistió... —decía ella entonces.

—Sí, mamá —contestaba yo.

Tuvimos esa conversación un montón de veces.

Mi mamá y yo hablando de las mismas historias muchas veces, es una de las cosas que más recuerdo de ella. Quizá porque cuando me contaba estas cosas solía agarrarme entre sus brazos y mirarme con intensidad a la cara para cerciorarse de que yo la escuchaba, pero puede que lo recuerde porque esos apretones en los brazos y esas miradas intensas eran los únicos momentos en los que el tiempo pasaba más despacio cuando mi mamá estaba en casa.

Por lo general, todo se movía rápido, pero que muy rápido, cuando mi mamá estaba en casa. Era como un tornado: nunca descansaba, siempre de un lado para otro. No paraba jamás. El único momento en que las cosas no volaban de un lado para otro era cuando me agarraba entre sus brazos y me repetía las cosas una y otra y otra vez.

Tenía varias cosas favoritas que contarme: una de ellas era lo de la foto y la otra lo de mi nombre.

Ella decía:

—Te llamas Bud y no dejes nunca que nadie te llame de otra forma —y añadía—: sobre todo no permitas que nadie te llame Buddy. Puedo tener algunos defectos, pero ser tonta no es uno de ellos. Habría añadido una "d" y una "y" al final de tu nombre si hubiera querido que estuvieran allí. Y tuve muy claro por qué no lo hacía: Buddy es un nombre de perro o el nombre que utilizará quien quiera aprovecharse de ti. Tú te llamas Bud, no Buddy.

Yo respondía:

—Bien, mamá.

Otra cosa que me decía mi madre era:

—No te preocupes, Bud, tan pronto como crezcas y te conviertas en un hombre te podré explicar muchas más cosas.

Eso no me tranquilizaba en absoluto, esa era la regla número 83 de las "Reglas y Cosas para tener una vida más divertida y ser un mentiroso cada vez mejor" de Bud Caldwell:

REGLAS Y COSAS NÚMERO 83
**Si un adulto te dice que no te preocupes,
y no estabas preocupado antes,
lo mejor que puedes hacer es darte prisa
y empezar a preocuparte, porque vas con retraso.**

—Estas cosas que te voy a explicar dentro de unos años te serán de gran ayuda —decía mientras me miraba fijamente a la cara, me agarraba con fuerza de los brazos y añadía—: y Bud, quiero que recuerdes siempre que no importa lo mal que parezca ir todo, no importa lo oscura que sea la noche; cuando una puerta se cierra, no te preocupes, porque otra se abre.

—Oye, y... ¿se abre sola?

—Sí, suele ocurrir.

Así que "otra puerta se abre". Eso era lo que se suponía que me tenía que ayudar. Debería de haber sabido entonces que me esperaban problemas muy pero que muy gordos.

Es curioso pensar, ahora que tengo diez años y soy casi un hombre, lo equivocada que estaba mi mamá. Estaba equivocada porque debería haberme contado todas las cosas para las que ella pensaba que yo aún era demasiado joven, porque ahora que se ha ido, nunca podré saber a lo que se refería. Incluso si yo era entonces demasiado pequeño, me las podría haber aprendido de memoria y usarlas cuando necesitara ayuda, como ahora.

También se equivocó al pensar que yo entendería esa bobada sobre puertas que se abren y se cierran solas. Cuando me lo decía me asustaba mucho porque no entendía cuál era la relación entre una puerta que se cierra y otra que se abre a menos que haya un fantasma de por medio. Lo único que consiguió fue que yo atrancara con una silla el armario de mi habitación por las noches.

Pero ahora que soy casi mayor, me doy cuenta de que mi mamá no hablaba de puertas que se abren para que los fantasmas entren en tu dormitorio, hablaba de puertas como la puerta del Hogar que se cierra, y que te lleva a la puerta de los Amos que se abre, y a la puerta del cobertizo que se cierra y que se abre, y que me lleva a dormir debajo de un árbol mientras la próxima puerta está lista para abrirse.

Revisé las otras cosas de mi maleta y todo parecía estar bien. Me sentí mejor.

De momento estaba demasiado cansado para pensar en otras cosas, así que cerré la maleta, até el cordón con los nudos adecuados, me refugié debajo del árbol de Navidad y me envolví en la manta.

Tendría que despertarme muy muy temprano si quería llegar a la Misión con tiempo para desayunar, porque si llegabas un minuto tarde no te dejaban entrar.

Capítulo VI

¡Oh, oh! Abrí los ojos y vi el sol detrás de una de las ramas del árbol de Navidad.

Me levanté de un salto, doblé la manta y la metí en la maleta, la agarré y crucé corriendo las seis o siete calles que me separaban de la Misión.

Al doblar la última esquina solté un suspiro porque vi que todavía quedaba gente haciendo cola y esperando. Empecé a andar hacia el final de la fila: estaba mucho más lejos de lo que había pensado. La cola doblaba dos esquinas y cruzaba una calle antes de llegar al último. Fui a ponerme detrás de él.

El hombre me dijo:

—La cola está cerrada. Esos de ahí son los últimos. —Señaló a un hombre que estaba de pie junto a una mujer que llevaba a un niño en los brazos.

—Pero señor... —contesté yo.

—Pero nada. La cola está cerrada. Esos de ahí son los últimos.

Era el momento de empezar a mentir. Si no comía algo ahora tendría que robar de la basura de alguien y no tendría nada que llevarme a la boca hasta que la Misión abriera para la cena.

—Señor, yo...

El hombre levantó la mano y contestó:

—Mira, chico, todo el mundo tiene una historia y todo el mundo conoce las reglas. La cola se cierra a las siete en punto. ¿Cómo crees que le sentaría a esta gente que lleva aquí desde las cinco de la mañana el que tú duermas hasta —miró su reloj de pulsera— hasta las siete y cuarto, y luego vengas aquí alborotando y esperando que te den de comer? ¿Crees que tienes algún tipo de privilegio especial solo porque eres flacucho y llevas harapos? Fíjate en la gente de la cola, hay muchos como tú; no eres el peor. La cena empieza a las seis de la tarde, pero ya sabes cómo son las cosas: si quieres comer tienes que estar en la cola a las cuatro. Ahora lárgate antes de que me ponga grosero contigo.

Pasar hambre durante todo un día es una de las peores cosas que te pueden pasar. Yo respondí:

—Pero...

El hombre metió la mano en el bolsillo, sacó algo que parecía una pesada correa negra y la hizo chasquear contra la otra mano. ¡Oh-oh! Aquí vamos otra vez.

—Ya está bien, ni una palabra más. Eres un bocazas. Los chicos de hoy no escuchan a nadie, pero te voy a enseñar algo que va a mejorar tu oído.

Volvió a chasquear la correa en la mano y empezó a andar hacia mí.

Me equivoqué cuando dije que pasar hambre durante un día era lo peor que te podía pasar: tener hambre y un chichón en la cabeza producido por una correa negra de cuero era mucho peor.

Retrocedí, pero solo había dado dos pasos cuando sentí una mano gigante que me agarraba por el cuello desde atrás. Miré hacia arriba para ver de quién era esa mano gigante y descubrí a un hombre muy alto y muy corpulento con un mono azul que, mirando hacia abajo, dijo:

—Clarence, ¿por qué te demoraste tanto?

Iba a empezar yo a decir algo así como "no me llamo Clarence y haga usted el favor de no asfixiarme, señor, que ya me voy", pero tan pronto como abrí la boca me dio un empujón y añadió:

—Te dije que regresaras enseguida: ¿quieres decirme dónde demonios has estado? Ponte en la fila con mamá.

Yo miraba hacia la cola para ver quién se suponía que era mi mamá cuando una mujer señaló con el dedo hacia abajo y exclamó:

—¡Clarence, ven aquí inmediatamente!

Había dos niñitos colgando de su falda.

Me dirigí adonde estaba y lo primero que hizo fue darme un buen pescozón. Para alguien que sólo fingía ser mi madre me había dado bastante fuerte.

Yo solo dije:

—¡Ay!

El hombretón que me había agarrado por el cuello miró entonces al hombre de la correa y dijo:

—El chico tenía que ir al excusado; le dije que no perdiera el tiempo, pero, como usted dijo, los chicos de hoy no escuchan a nadie.

El hombre de la correa se fijó en el tamaño del hombre que me llamaba Clarence y regresó al final de la cola.

Cuando el hombre del mono volvió a la cola le dije:

—Muchas gracias, señor, gracias, yo de verdad intenté... —pero entonces él me dio otro pescozón en la parte de atrás de la cabeza, con fuerza, y dijo:

—La próxima vez no tardes tanto.

Los dos pequeños se echaron a reír a carcajadas a la vez que decían:

—¡Jua, jua, jua, jua, a Clarence le han dado una paliza, a Clarence le han dado una paliza!

Yo quise protestar:

—Cállense y no me llamen... —entonces ambos, el hombre y la mujer que fingían ser mis padres, me golpearon en la cabeza.

La mujer miró a la gente que estaba detrás de nosotros y exclamó:

—¡Ay, Señor, cuando llegan a estas edades...!

Los demás no estaban muy contentos de que yo me metiera en la fila, pero cuando vieron lo grande que era mi supuesto padre y cuando vieron lo duro que me sacudían mi supuesto padre y mi supuesta madre, decidieron no decir nada.

Yo les estaba muy agradecido a estas personas, pero ojalá dejaran de darme pescozones, y caray, con todos los nombres que hay en el mundo ya podían haberse sacado de la manga otro que no fuera Clarence.

Estuve en la cola con mi supuesta familia durante un rato largo, pero largo de verdad. Todo el mundo permanecía en su sitio muy quieto, incluso mis supuestos hermanos y todos los demás niños. Cuando finalmente doblamos la última esquina y vimos la puerta y la gente que entraba, pareció como si hubiera estallado una burbuja y todos empezamos a reír y a hablar. El principal tema de conversación era el gran cartel que colgaba del edificio.

Mostraba una foto gigantesca de una familia de cuatro, blanca y rica, metidos en un carro y que iban vaya usted a saber dónde. Estaba claro que eran una familia porque se parecían muchísimo. La única diferencia entre ellos era que el papá tenía un cabezón muy grande y un sombrero, la mamá tenía la misma cabeza con un sombrero de mujer, la hija tenía dos grandes trenzas amarillas que le salían por encima de las orejas y todos tenían grandes dientes relucientes, grandes ojos relucientes y grandes sonrisas relucientes. ¡Seguro que tendrías que entrecerrar los ojos si esa reluciente familia pasaba con su carro cerca de donde estuvieras!

Sabías que eran ricos porque el carro parecía tener sitio para ocho o nueve personas más y porque todos iban vestidos como estrellas de cine. La mujer llevaba un abrigo con una piel alrededor del cuello, el hombre llevaba un traje y una corbata, y las chaquetas de los chicos parecían de diez dólares cada una por lo menos.

Escrito encima del carro, con grandes letras, decía:

¡NO HAY MEJOR LUGAR QUE ESTADOS UNIDOS!

Mi supuesto papá lo leyó y dijo:

—Oh, oh, bien, bueno, no vas a esperar que tengan la cara de venir hasta aquí y decir la verdad.

Cuando por fin entramos en el edificio, me di cuenta de que había valido la pena esperar. La primera cosa que veías cuando estabas dentro era lo grande que era el sitio, cuánta gente había en él y el poco ruido que hacían. Los únicos sonidos eran los que producía la cuchara de alguien rebañando el plato o el de las sillas al moverse o el de la gente que arrastraba los pies hasta donde daban la comida.

Después de que tomáramos las cucharas y los cuencos, una señora nos los llenó con un cucharón de avena que sacó de una cacerola gigante. Sonrió y nos dijo:

—Espero que les guste.

Mi supuesta familia y yo contestamos a la vez:

—Gracias, señora.

Entonces un hombre nos puso dos trozos de pan, una manzana y un vaso de leche en la bandeja y dijo:

—Lean las normas a sus niños, por favor. Gracias.

Todos dijimos:

—Gracias, señor.

Fuimos leyendo los carteles que alguien había pegado en la pared. Uno decía:

POR FAVOR NO FUMEN

En otro se leía:

TENGAN LA BONDAD DE COMER
RÁPIDO Y EN SILENCIO

Y en otro:

POR FAVOR, SEA CONSIDERADO Y PACIENTE. LIMPIE LA MESA. SUS VECINOS COMERÁN DESPUÉS DE USTED

El último rezaba:

LO SENTIMOS MUCHÍSIMO, PERO NO HAY TRABAJO

Mi supuesto papá leyó los carteles a mis supuestos hermanos y todos nos sentamos a una larga mesa rodeados por desconocidos.

¡La avena estaba deliciosa! Le eché algo de leche para deshacerla un poco y la revolví bien.

Mi supuesta madre abrió su bolso y sacó un pequeño sobre marrón. Lo abrió y extrajo algo que vertió sobre la avena de mis supuestos hermanos, y entonces les dijo:

—Sé que no es tanto como lo que normalmente toman, pero quiero preguntarles si les importaría darle un poco a Clarence.

Arrugaron las narices y me miraron de mala manera. Mi supuesta madre dijo:

—Bien —y vació el resto del sobre en mi avena. ¡Azúcar moreno!

¡Dejó de importarme que me llamara Clarence! Le dije:

—Gracias, mamá, señora.

Ella y mi supuesto papá se rieron y contestaron:

—Vaya, por fin te enteras, Clarence.

Fingió que iba a darme otro pescozón pero no lo hizo.

Cuando terminamos de comer, apilamos nuestros cuencos y yo le di de nuevo las gracias a mi supuesta familia, preguntándoles:

—¿Volverán para la cena?

Mi supuesta mamá respondió:

—No, cariño, solo venimos aquí por las mañanas. Pero asegúrate de venir con tiempo suficiente, ¿de acuerdo?

Yo respondí:

—Sí, mamá, quiero decir, señora.

Los miré mientras se alejaban. Mi supuesto hermano volvió la cabeza y me sacó la lengua, y entonces miró hacia arriba y tomó la mano de mi supuesta madre. Realmente no lo podía culpar. No creo que, en su lugar, me hubiera hecho feliz compartir el azúcar y mis papás con un chico desconocido.

Capítulo VII

Empujé la pesada puerta y entré en la biblioteca. El aire de dentro no se parecía al aire de ningún otro sitio. Para empezar, estaba siempre más fresco que el aire del exterior: te hacía sentir como si entraras en un sótano un caluroso día de julio, a pesar de que tenías que subir un tramo de escaleras para llegar a ella.

En segundo lugar, el aire en una biblioteca tiene un olor que no tiene el aire de ningún otro sitio. Si cierras los ojos e intentas distinguir lo que hueles, lo único que vas a conseguir es confundirte, porque todos los componentes se mezclan y se transforman en un olor especial.

Tan pronto como entré cerré los ojos e inspiré profundamente. Me llegó el aroma del cuero de los libros antiguos, un olor que se hace muy fuerte si tomas uno y te lo acercas a la nariz mientras vuelves las páginas. Estaba también el olor de la tela de encuadernar de los libros más recientes, esos libros que crujen cuando los abres. Podía oler también el papel, ese suave, polvoriento y soñoliento olor que sale de las páginas en nubecillas cuando lees algo o miras las ilustraciones, un olor como hipnotizante.

Supongo que es ese olor el que hace que tanta gente se duerma en la biblioteca. Ves que alguien vuelve una página y puedes imaginarte una nubecilla de polvo de papel que asciende despacito para ir a amontonarse en las pestañas de quien lee, haciendo que los ojos pesen tanto que tengan que parpadear y después de un rato que no puedan levantarlos de ninguna manera. Entonces se les abre la boca y empiezan a dar cabezadas como si estuvieran intentando atrapar manzanas en un barril y antes de que se den cuenta... tris, tras, patapún... se han quedado fritos y se les cae la cara encima del libro.

Lo que más furiosas pone a las bibliotecarias es cuando la gente empieza a babear en los libros, y polvo de papel o no polvo de papel no hay excusa: te echan.

Babear sobre los libros es todavía peor que reírse a carcajadas en la biblioteca, y aunque parezca algo mezquino, en realidad no se puede culpar a las bibliotecarias por echar a los babeantes, porque no hay nada peor que abrir un libro y que las páginas estén pegadas unas a otras por las babas de alguien.

Abrí bien los ojos para buscar a la señorita Hill. No estaba en el mostrador de préstamos, así que dejé mi maleta a la señora blanca que estaba allí en ese momento. Sabía que estaría segura.

Empecé a andar entre los anaqueles de libros para ver si la señorita Hill estaba colocando volúmenes. Tres malditas veces me recorrí la biblioteca entera, arriba y abajo, y no pude encontrarla.

Volví hasta la bibliotecaria que estaba en el mostrador de préstamos y esperé hasta que levantó la vista hacia mí. Sonriendo me preguntó:

—¿Sí? ¿Quieres tu maleta?

Se puso a buscar bajo el mostrador. Yo contesté:

—Todavía no señora, gracias. ¿Puedo hacerle una pregunta?

Ella respondió:

—Desde luego, jovencito, ¿en qué puedo ayudarte?

—Estoy buscando a la señorita Hill.

La bibliotecaria puso cara de sorpresa.

—¿La señorita Hill? Dios mío... pero ¿no te has enterado?

Oh-oh. Esa es la regla número 16 de las "Reglas y Cosas para tener una vida más divertida y ser un mentiroso cada vez mejor" de Bud Caldwell.

REGLAS Y COSAS NÚMERO 16
**Si un adulto empieza una frase diciendo:
"¿Pero no te has enterado?", prepárate,
porque lo que va a salir de su boca
va a sumergirte en la tragedia más espantosa.**

Parece como si la respuesta a "¿pero no te has enterado?" tuviera siempre algo que ver con alguien que estira la pata. Y no estirar la pata de modo tranquilo y pacífico como un ataque al corazón en casa ni en la cama, sino que suele tratarse de alguna clase de muerte que hace que tus ojos se salgan de las órbitas cuando te enteras. Suele ser la clase de cosa que te hace salir corriendo de la habitación con las manos en los oídos y la boca abierta de par en par. Siempre se trata de algo como que tu abuela se ha caído dentro de una lavadora o que un caballo se ha resbalado en el hielo y ha aplastado a un chico con el que ibas a la escuela.

Yo respondí:

—No, señora —y preparé mi estómago para oír que la señorita Hill había muerto de alguna forma que seguro iba a producirme pesadillas.

La bibliotecaria continuó:

—No tienes por qué poner esa cara: no son malas noticias, jovencito.

Se rió con risa de bibliotecaria y dijo:

—No son malas noticias en absoluto, a no ser que tuvieras planes matrimoniales con respecto a la señorita Hill.

Yo fingí que sabía de lo que hablaba y dije:

—No, señora, no tengo esa clase de planes en absoluto.

Ella se rió y respondió:

—Bien, porque no creo que a su nuevo marido le guste la competencia. Charlemae... la señorita Hill, quiero decir, se ha ido a vivir a Chicago, Illinois.

—¿Marido? ¿Quiere usted decir que se ha casado, señora? —pregunté.

La bibliotecaria respondió:

—Oh, sí, y tengo que decirte que estaba radiante de felicidad.

—¿Y se ha ido a vivir a Chicago? —pregunté yo.

—Pues sí, pero Chicago no está tan lejos de aquí. Ven, te lo enseñaré.

Buscó debajo del mostrador y sacó un grueso volumen encuadernado en piel titulado *Atlas de Estados Unidos de América*.

Pasó un par de páginas y dijo:

—Aquí está.

Volvió el libro hacía mí enseñándome un gran mapa de Michigan y los dos estados que estaban cerca de él.

—Estamos aquí —explicó, señalando al lugar donde decía Flint— y Chicago está aquí, en Illinois.

Aunque parecía que estaban muy cerca, yo ya sabía lo traicioneros que son los mapas. Si ponen todo el mundo en una sola página... Así que dije:

—¿Cuánto le llevaría a alguien ir andando hasta allí?

Ella respondió:

—Oh, cariño, bastante, me temo. Vamos a ver a qué distancia está.

La vi buscar debajo del mostrador y sacó de allí otro grueso volumen titulado *La guía del millaje por carretera* y abrió una página que tenía un millón de números y de nombres de ciudades. Me mostró cómo localizar Chicago en una línea que atravesaba la página y Flint en la línea que iba por la parte de abajo y luego a mirar al sitio donde se cruzaban una y otra: decía 270 millas. Sacó un lápiz y dijo:

—Así que, para calcular el tiempo que hace falta para llegar andando hasta Chicago... —y se puso a buscar un tercer libro.

Este era uno de los inconvenientes de hablar con bibliotecarias. Le había hecho una sola pregunta y ya estábamos consultando tres libros distintos.

Pasó las páginas del libro hasta que lo encontró:

—¡Ajá!, dice que como promedio se pueden hacer unas cinco millas por hora. De acuerdo, suponiendo que puedes recorrer cinco millas por hora todo lo que tienes que hacer es dividir doscientos setenta entre cinco.

Lo hizo y añadió:

—¡Más de cincuenta y cuatro horas! Demasiado para ser práctico. Me temo que tendrás que limitarte a esperar a que la señora Rollins, que es como ahora se apellida, vuelva a Flint a hacernos una visita.

Daría igual que Chicago estuviera a un millón de millas y daría igual que la señorita Hill hubiera sido convertida en pulpa por una lavadora si de lo que se trataba era de ayudarme ahora.

Le di las gracias a la bibliotecaria por las malas noticias y fui a sentarme a una de las grandes mesas, a ver si se me ocurría qué hacer.

Volver al Hogar estaba descartado. Normalmente llegaba un chico nuevo de vez en cuando, pero en los últimos tiempos parecía como si ingresaran un par de niños todos los días, la mayor parte bebés, y casi siempre enfermos. No era como cuando yo llegué: la mitad de los encargados ni siquiera te decía su nombre y no te recordaba a menos que te metieras en líos todo el tiempo o que fueras a ir a una familia adoptiva.

Después de un rato recogí mi maleta y salí al aire de la calle y a los desagradables olores de Flint.

La puerta de la biblioteca que se cerró detrás de mí era la clase de puerta de la que mi mamá me había hablado. Supe que, como se había cerrado una, la siguiente estaba a punto de abrirse.

Volví bajo mi árbol, y antes de darme cuenta estaba dormido.

Capítulo VIII

Algo pisó una ramita. Al oír el crujido abrí los ojos y me desperté inmediatamente. Contuve la respiración y me quedé tan quieto como pude. Fuera lo que fuera lo que se acercaba a mí, me despertó porque había dejado de moverse y también se mantenía tan quieto como podía. Aunque tenía la cabeza debajo de la manta, podía sentir un par de ojos que me miraban fijamente, y sabía que no eran ojos de ningún animal: eran ojos que me erizaban el pelo de la nuca como solo los ojos humanos pueden hacerlo.

Sin buscar demasiado debajo de la manta agarré bien fuerte mi navaja. Justo cuando iba a quitarme la manta de encima y a empezar a correr y dar cuchilladas, fuera quien fuera quien me había estado mirando saltó sobre mí. ¡Me sentí atrapado como una cucaracha debajo de un trapo!

Intenté adivinar el punto exacto donde estaba el corazón de quien tenía sobre mí, y eché mi cuchillo hacia atrás. Entonces una voz dijo:

—¡Si no eres un chico del Hogar que se llama Bud, siento muchísimo saltarte encima de este modo!

¡Era el Alimaña! Cuando intenté hablar me sentí como si hubiera inspirado todo el aire de Flint. Cuando conseguí respirar normalmente, contesté:

—¡Maldita sea, Alimaña, soy yo! ¡Casi me matas del susto!

Se quitó de encima. Echando la manta a un lado, dije:

—No sabes la suerte que tienes, ¡estaba a punto de clavarte esto en el corazón!

El Alimaña puso cara de que ya sabía lo que había estado a punto de pasar y respondió:

—Lo siento, Bud, de verdad que no quería asustarte, pero todo el mundo sabe que te gusta dormir con ese cuchillo abierto, así que supuse que lo mejor era agarrarte para que no te despertaras y me cortaras en rodajas.

Aunque era el Alimaña el que había estado a punto de ganarse una cuchillada en el corazón, era yo el que todavía respiraba con dificultad.

—¿Por qué no has vuelto al Hogar? —le pregunté. Pero antes de que tuviera oportunidad de contestarme lo supe—. Te has fugado.

—Sí, voy a coger un tren. Cuando oí que le habías atizado a ese chico de ese modo y que habías tenido que largarte, pensé que había llegado el momento de salir zumbando también para mí. Supuse que estarías en los alrededores de la biblioteca, así que me he dejado caer por aquí a ver si querías venir conmigo.

—¿Adónde vas?

—Siempre hay fruta que recoger en el Oeste, he oído que se puede sacar bastante dinero. Se supone que hay un tren que sale mañana a no sé qué hora. ¿De verdad golpeaste al chico de la familia adoptiva?

—Uh, sí, algo parecido. ¿Cuánto nos llevaría llegar al Oeste? —contesté.

Alimaña respondió:

—Depende de a cuántos trenes tengas que saltar. ¿Realmente era dos años mayor que tú?

—Ajá, tenía doce. ¿Es divertido saltar a un tren?

—Unas veces sí, otras da miedo. Oímos que era grandote, ¿no?

—Era grandísimo. No veo cómo podemos saltar a un tren, me da la impresión de que se mueven muy deprisa —contesté.

Alimaña respondió:

—La mayor parte de las veces no saltas a ellos en marcha, sino que intentas subirte cuando están parados en las estaciones. ¿Lloró cuando lo pegaste?

—Bueno, sí, más o menos, se quedó muy asustado, y le dijo a su madre que no quería tenerme cerca. Dijeron incluso que yo era un vagabundo. ¿Dormiremos en el tren y todo?

—Claro que sí. A veces los trenes no paran durante dos o tres días. Chico, siempre intento decirle a la gente que porque alguien sea delgaducho no significa que no pueda luchar. ¡Ahora eres un héroe, Bud!

—Bah, realmente no fue nada. Bien, y ¿cuando haya que ir al excusado? ¿Cómo vamos a ir al excusado si el tren no para?

El Alimaña dijo:

—Pues te asomas a la puerta y ya.

—¡Con el tren moviéndose!

—Pues sí. Sientes un vientecillo que da gusto.

—¡Caray, chico! ¡Parece estupendo! ¡Cuenta conmigo! ¡Qué ganas tengo de irme!

El Alimaña se escupió una buena cantidad de saliva en la mano y dijo:

—Sabía que podía contar contigo, Bud.

Escupí también en mi mano y respondí:

—¡Hermanos para siempre, Alimaña!

Chocamos las manos muy fuerte y mezclamos bien nuestras salivas; luego las levantamos para que se secaran. ¡Ahora era oficial: por fin tenía un hermano!

El Alimaña dijo:

—Nos acercaremos a la Misión. Tiene que haber por allí alguien que sepa dónde podemos saltar a este tren, así que ¡nos fugaremos juntos!

Averiguamos que teníamos que ir a una ciudad llamada Hooperville, en las afueras de Flint. El único problema era que nadie sabía exactamente dónde estaba Hooperville. Se hizo de noche antes de que diéramos con la dirección correcta. Jamás en mi vida había oído de una ciudad que fuera tan difícil de encontrar.

Recorrimos un sendero que atraviesa los bosques aledaños a Thread Crick. Supimos que nos acercábamos a Hooperville porque oímos a alguien que tocaba una armónica y el olor a guiso se hacía cada vez más intenso. Seguimos andando en la dirección en la que el cielo resplandecía con luz anaranjada.

Cuando oímos la música, el ruido de conversaciones y los chasquidos de los leños ardiendo muy cerca, caminamos entre los árboles. De ese modo pudimos echarle el primer vistazo a Hooperville.

Escondidos detrás del tronco de un gran árbol nos dimos cuenta de que un poco de viento e incluso dos o tres lobos soplando a la vez podían hacer volar a Hooperville hasta el condado próximo. Se trataba de un conjunto de chabolas y casuchas hechas con trozos de cartón, madera y tela. El cobertizo de la familia Amos habría parecido aquí una casa de lujo.

Muy cerca de nuestro árbol había una hoguera enorme que había coloreado el cielo de naranja. Daba la impresión de que un centenar de personas, o así, estaban alrededor de ella, mirando arder la madera o esperando a que la comida que hervía en tres grandes calderos estuviera lista.

Había además dos hogueras más pequeñas. En una se calentaba un caldero lo bastante grande como para contener a una persona; un hombre removía su interior con una vara enorme. En un momento dado la levantó y vimos que colgaban de ella unos pantalones y unas camisas, que acercó a un hombre blanco; este iba colgándolos en una cuerda para que se secaran. Cerca de él había una montaña de ropa esperando su turno.

La otra hoguera de Hooperville era la más pequeña. Estaba a un lado, aparte. Frente a ella se sentaban cinco blancos: dos chicos, un hombre y una mujer que sujetaba en los brazos a un bebé. El bebé, envuelto en harapos, hacía ruidos parecidos a los de los niños enfermos que llegaban al Hogar; tosía como si fuera un animalito medio muerto.

El Alimaña susurró:

—Cielos, esto no es una ciudad, esto son chabolas de cartón.

—¿Que son qué?

—Chabolas de cartón, un sitio donde te puedes bajar del tren y limpiarte y comer algo sin que la policía te eche de la ciudad.

—Ole, y ¿qué vamos a hacer? No podemos meternos en este sitio esperando que alguien nos dé de comer, ¿no? —contesté—. Uno de nosotros tiene que hablar con ellos.

—A cara o cruz —respondió el Alimaña.

—Listo.

El Alimaña rebuscó en el bolsillo y encontró una moneda, la frotó contra sus pantalones y dijo:

—Cara gano yo, cruz tú pierdes.

—Listo.

Lanzó la moneda al aire y la agarró dando una palmada contra el dorso de su mano izquierda. Miró debajo de su mano derecha y una gran sonrisa le surcó la cara.

El Alimaña dijo:

—Cruz, tu pierdes.

—¡Caray! ¿Qué tengo que decir?

—Pregúntales si esto es Hooperville y si les sobra algo de comida.

Salí de detrás de nuestro árbol y me acerqué a la hoguera más grande. Esperé hasta que alguien se diera cuenta de mi presencia y entonces dije:

—Perdonen, ¿es esto Hooperville?

El hombre que tocaba la armónica dejó de hacerlo y todo el mundo en torno a la hoguera me miró.

Uno de los blancos preguntó:

—¿Qué buscas?

—Una ciudad llamada Hooperville —respondí.

Todos se rieron.

El tipo de la armónica dijo:

—No, hijo, lo que buscas es Hooverville, como el presidente Herbert Hoover.

—Ah, ¿y es esta, señor? —dije yo.

El hombre respondió:

—Esta es una de ellas.

—¿Una de ellas? —repetí.

—Están por todo el país: esta es la versión de Flint —contestó él.

—¿Y todas se llaman Hooverville?

—Exacto. El señor Hoover ha trabajado tanto asegurándose de que todas las ciudades tuvieran la suya que no parecería decente llamarlas de cualquier otra forma.

Alguien dijo:

—¡Es cierto!

—Entiendo, pero... ¿cómo sabemos que estamos en la verdadera? —contesté.

El hombre de la armónica preguntó:

—¿Tienes hambre?

—Sí, señor.

—¿Estás cansado?

—Sí, señor.

—¿Tienes miedo de lo que pueda ocurrir mañana?

No quería que nadie pensara que yo era un niñito blandengue, así que respondí:

—No tengo miedo exactamente, señor, quizá estoy un poco nervioso.

El hombre sonrió y contestó:

—Bien, hijo, en cualquier sitio donde haya otra gente que necesita las mismas cosas que tú es el lugar correcto. Esta es justo la Hooverville que buscas.

Yo sabía lo que el hombre quería decir. Este era el tipo de dicho circular que le gustaba a mi mamá. El Alimaña, que no había tenido esa clase de práctica, salió de detrás del árbol y dijo:

—No lo entiendo, usted dijo que había Hoovervilles por todo el país. ¿Qué pasa si la que estamos buscando es la Hooverville de Detroit o de Chicago? ¿Cómo sabemos que esta es la Hooverville que buscamos?

—¿Son de Flint? —quiso saber el hombre.

—Sí, señor —contesté yo.

El hombre movió su armónica como si fuera una varita mágica y señaló a la pequeña ciudad hecha con cartón.

—Chicos —dijo—, miren alrededor.

La ciudad era mayor de lo que yo había creído. Había mugrientas chozas en todas direcciones.

Y también había más gente sentada por allí de lo que me había parecido: en su mayor parte se trataba de hombres y de jóvenes, pero también había algunas mujeres y algún niño o dos. Eran de todos los colores que puedas imaginarte: negros, blancos y marrones, pero el fuego hacía que todo el mundo pareciera más o menos anaranjado. Había gente naranja oscuro sentada junto a gente de un naranja intermedio que a su vez se sentaba junto a gente de naranja claro.

—Todas esas personas —dijo el hombre de la armónica— son exactamente como tú. Están cansados, tienen hambre y se sienten un poco nerviosos cuando piensan en el día de mañana. Este es el sitio adecuado para nosotros porque todos vamos en el mismo barco. Y ustedes, chicos, están más cerca de casa de lo que nunca han estado.

Alguien dijo:

—Amén, hermano.

El hombre de la armónica siguió:

—Da igual que estén buscando Chicago, Detroit, Orlando u Oklahoma City, los trenes me han llevado a todas ellas. Pueden pensar o pueden oír que las cosas van mejor en este o en aquel sitio, pero en todo el país se canta la misma triste canción. Créeme, hijo, del camino no se saca nada bueno. Si ustedes dos son de Flint, este es el Hooverville que buscan.

Alguien preguntó:

—Hermano, ¿por qué no das de comer a estos chicos? Ése de ahí parece que no ha comido nada en dos o tres meses.

Ni siquiera tuvo que señalar. Todo el mundo supo a quién se refería.

Pero no me importó. Hasta el sonido de la comida hirviendo en aquellos tres grandes calderos me pareció delicioso.

El hombre de la armónica dijo:

—Los invitamos a unirse a nosotros, pero sepan que aquí todos trabajamos, así que a menos que alguno lleve encima un jamón ahumado, me parece que van a hacer G. C. esta noche.

—¿Hacer qué? —pregunté yo.

—G. C., chico, Guardia del Campamento, que van a fregar después de que todo el mundo haya llenado la panza. Hay otros dos chicos que les enseñarán lo que tienen que

72

hacer —me respondió.

El Alimaña y yo contestamos al mismo tiempo:

—¡Sí, señor!

Parecía un buen trato.

Una mujer nos tendió al Alimaña y a mí una lata cuadrada, plana y vacía, diciendo:

—Eso, señoritos, es su vajilla. Tengan mucho cuidado de no desconcharla.

Mi plato tenía las palabras SARDINAS GIGANTES A&P grabadas en el fondo.

Nos alargó también dos cucharas desgastadas y dijo:

—No sean tímidos; por poco se pierden la cena, así que dense prisa.

Nos llevó hasta uno de los grandes calderos y llenó nuestras latas.

—Tienen suerte —dijo—, hay estofado, y esta noche ha sobrado mucho, así que pueden comer todo lo que quieran.

El estofado tenía papas y zanahorias silvestres y algunos guisantes y un par de trocitos de carne. ¡Estaba de rechupete! ¡Hasta repetimos!

Cuando acabamos, la mujer nos dijo:

—Eh, chicos, dejen aquí sus cosas. Ha llegado el momento de fregar los platos.

—Señora, me gusta tener mi maleta junto a mí donde quiera que voy.

—Te prometo que tu maleta estará segura.

Recordé que la familia Amos había prometido lo mismo y respondí:

—¿La va a vigilar usted misma, señora? ¿Está segura de que nadie va a mirar dentro?

—Hijo, aquí no hay robos. Todos cuidamos de los demás —respondió ella.

—Gracias, señora —contesté yo.

Y dejé mi maleta bien cerca de sus pies.

El Alimaña, un niño blanco, una chica y yo cargamos un montonazo de latas, cucharas, tenedores y un par de verdaderos platos sucios en una gran caja de madera y la llevamos hasta Thread Crick.

Quien más tiempo había estado en Hooverville era la chica, así que se encargó de explicarnos a los demás lo que había que hacer. Nos dijo:

—Supongo que ninguno de los nuevos saben cómo fregar bien los platos, ¿no?

El Alimaña y yo habíamos fregado toneladas de platos en el Hogar así que respondí:

—Claro que sabemos, somos muy buenos fregando.

El Alimaña dijo:

—Caray, chica, si crees que esta es la primera vez que lavo platos estás loca. Sé muy bien cómo se friegan los platos.

Ella respondió:

—Bien, bien, los repartiremos. Tú y tú —señaló al Alimaña y al otro chico— pueden hacer la mitad y este chico y yo los otros.

—¿Cómo te llamas?

—Bud, no Buddy —contesté.

—Yo me llamo Deza Malone —dijo ella.

Deza le tendió al Alimaña y al otro chico unos cuantos trapos y jabón en polvo en una lata y empezaron a enjuagar los platos en el agua.

La niña y yo nos fuimos un poco más allá, arroyo arriba, y empezamos a descargar el resto de los platos.

—Tú secas, yo lavo —dijo la niña.

Me tendió un trapo y tan pronto como ella enjuagaba una de las latas en el agua me la pasaba, yo la secaba y la iba colocando en la caja de madera.

—¿De dónde has dicho que eras? —preguntó ella.

—De Flint, de aquí mismo.

—Así que, ¿tu amigo y tú se van a montar en el tren de mañana?

—¿Adónde va?

—A Chicago —respondió.

—¿Queda al Oeste de aquí?

—Ajá —afirmó.

—Pues sí, entonces es donde vamos —respondí yo —. ¿Y tú de dónde eres?

—De Lancaster, Pennsylvania.

—¿También vas a tomar el tren?

Ella respondió:

—No. Mi papá sí se va. La gente dice que hay trabajo en el Oeste y va a intentarlo de nuevo.

—¿Así que vas a esperarlo aquí?

—Ajá.

La niña lavaba los platos muy rápido, pero me di cuenta de que ahora iba más lenta y me tocaba la mano mucho cuando me los pasaba.

—¿Dónde están tu mamá y tu papá? —preguntó.

—Mi madre murió hace cuatro años.

—Lo siento mucho.

—Qué le vamos hacer, no sufrió ni nada.

—¿Y tu papá dónde está?

—Creo que vive en Grand Rapids. No lo he visto nunca.

75

—Lo siento mucho —me tomó la mano al decir eso.

Me libré de un tirón y dije:

—No, si no pasa nada.

—Sí pasa, y deberías dejar de fingir que no —respondió Deza.

—¿Quién dice que estoy fingiendo nada?

—Sé que lo estás, mi papá dice que la familia es lo más importante que hay en el mundo. Esa es la razón por la que mamá y yo vamos a esperar juntas a que vuelva o que nos escriba para que vayamos junto a él.

Yo dije:

—Mi madre decía lo mismo, que la familia debe estar unida todo el tiempo. Solía decirme siempre que no importa dónde fuera o lo que hiciera, ella estaría a mi lado, incluso aunque yo no pudiera verla. Me decía...

Hay gente que hace que te pongas a darle a la lengua sin que te enteres de lo que dices. Dejé de hablar y fingí que me costaba mucho secar la lata que acababa de darme.

—¿Qué más te dijo, Bud?

Miré a Deza Malone y pensé que nunca la vería de nuevo en toda mi vida, así que dejé que las palabras salieran:

—Todas las noches, antes de que me durmiera, decía que no importaba lo que me sucediera, yo podía dormir tranquilo sabiendo que jamás hubo un chico, en ninguna parte ni en ninguna época, a quien quisieran más de lo que ella me quería a mí, me decía que mientras recordara eso todo estaría bien.

—Y tú sabías que era cierto.

—Igual que sé que me llamo Bud, no Buddy.

—¿No tienes más parientes en Flint? —preguntó.

—No.

—Supongo que no puedo culparte porque quieras subirte al tren. Mi mamá dice que esos niños pobres del camino que van solos son como polvo en el viento. Pero yo creo que tú eres diferente ¿no, Bud? Parece que tú llevas a tu familia dentro de ti, ¿verdad?

—Pues podría ser. Aunque también la llevo dentro de mi maleta.

—¿Así que has estado en un orfanato desde que tu mamá murió? —me preguntó Deza.

—¿Por qué dices eso? —pregunté yo.

—Pues mira, estás delgaducho, pero tal como hablas y actúas estoy segura de que no llevas mucho tiempo en la calle. Todavía pareces joven.

—No tan joven. Voy a cumplir once el 14 de noviembre, y no soy delgaducho, soy fibroso. Hay gente que piensa que soy un héroe —respondí.

—Vaya, señor héroe, somos de la misma edad. Pero tú has vivido en un orfanato.

—Yo he vivido en una casa.

—Mi papá dice que la calle no es buena ni para un perro, menos para un niño. ¿Por qué no vuelves al orfanato? —y empezó a tocarme la mano otra vez.

Deza Malone parecía buena gente, así que decidí ser sincero con ella:

—No se lo digas a nadie, pero he huido de la casa de mi familia adoptiva y no volveré al Hogar si puedo evitarlo. Hay demasiados niños allí.

—¿Y? Es mucho mejor que pasar frío y hambre todo el tiempo y tener que esconderse de la policía del ferrocarril.

—¿Qué quieres decir?

—Pero ¿tú te crees que dejan que la gente salte a los trenes sin más ni más?

—Pues, bueno, no había pensado mucho en ello.

—Ya sabía yo que eras demasiado agradable para haber estado durante mucho tiempo en la calle. Verás qué sorpresa más fea te vas a llevar mañana por la mañana.

—No me importa mucho —respondí.

—Oh, sí, es cierto, se me olvidó que hay gente que piensa que eres un héroe. —Cuando Deza sonreía se le hacía un pequeño hoyuelo en la mejilla morena.

No respondí; me limité a seguir secando latas. Llegamos a las últimas cuatro o cinco latas cuando Deza me preguntó:

—¿Besaste alguna chica en el orfanato?

—¿Eeeeeh? ¿Estás bromeando?

—¡No! ¿Qué pasa? ¿Te dan miedo las chicas?

—Tienes que estar bromeando —contesté.

—De acuerdo —dijo. Cerró los ojos, acercó los labios y se inclinó hacia mí.

¡Demonios! Si no la besaba pensaría que las chicas me daban miedo, y si la besaba ella lo podía contar, o el Alimaña podía verme y decirle a alguien lo que había sucedido. Miré arroyo abajo para ver si el Alimaña y el otro chico estaban todavía por ahí. Estaba ya bastante oscuro y pensé que no nos verían.

Acerqué los labios y apreté mi cara contra la de Deza Malone. Nos quedamos pegados así durante un segundo, pero un segundo muy largo.

Cuando abrí los ojos eché la cabeza hacia atrás. Deza mantuvo los suyos cerrados, sonriendo. Miró hacia abajo y me agarró la mano: esta vez dejé que lo hiciera.

Miró entonces al arroyo y a los bosques del otro lado, y dijo:

—¿Es romántico, verdad?

Miré hacia donde ella había mirado para ver de lo que hablaba. Lo único que se veía era la luna como una gran yema de huevo allá arriba, en el cielo. Se podía oír el agua y el sonido de la armónica: el tipo de Hooverville tocaba una canción muy triste. Le eché otra mirada de reojo al hoyuelo de Deza.

—¿Lo oyes? Está tocando "Shenandoah". ¿No es preciosa? —preguntó.

—Supongo.

—¿Te sabes la letra?

—No.

—Escucha.

> Siete años largos pasaron,
> desde que yo a ella la vi,
> vete corriendo, tú, río,
> han sido siete años largos,
> desde que la vi,
> sigo rodando, me marcho,
> cruzaré el ancho Misuri.

—Pues sí que es una canción muy triste.

No me parecía bonita en absoluto. Le dio un apretón a mi mano y contestó:

—¿A que sí? Trata de un indio y de una mujer que no pueden verse durante siete años. Pero durante todo ese tiempo mantienen su amor, sin importar lo que pase. Me recuerda a mi madre y a mi padre.

Levantó la vista del arroyo como si la gran luna ovalada la hubiese hipnotizado. Me solté de su mano y dije:

—Bueno, ya hemos terminado con los platos.

Ella sonrió nuevamente:

—Bud, nunca olvidaré esta noche.

No se lo dije, pero probablemente tampoco yo la olvidaría. Había practicado antes en el dorso de mi mano, pero era la primera vez que cambiaba saliva con una auténtica chica.

Cargamos todos los platos en la caja y nos dirigimos hacia donde estaban el Alimaña y el otro chico. Pusimos sus platos encima de los nuestros y regresamos al campamento.

El Alimaña dijo:

—¿Por qué tienes esa pinta tan rara, Bud? Parece como si te hubieran dado en la cabeza con una piedra.

Deza Malone se rió, y durante un segundo creí que iba a contarlo.

—No sé, supongo que esa canción me está poniendo triste —dije.

—Pues sí que es tristona, sí —respondió el Alimaña.

Justo antes de que llegáramos al campamento de chabolas pasamos cerca de la familia blanca con el bebé que tosía junto a la pequeña hoguera. Le dije a Deza:

—¿Por qué están ahí solos? ¿No dejan que se sienten cerca de la hoguera grande porque el bebé hace ese ruido?

Deza respondió:

—Noo, los hemos invitado, mi papá dijo que le daban pena. No comen más que sopa de hierbas silvestres, no tienen un céntimo, la ropa se les cae a pedazos y el niño está malo, pero cuando alguien les llevó un poco de comida y unas mantas el hombre dijo: "Muchas gracias, pero nosotros somos blancos, no necesitamos su ayuda".

Cuando volvimos a la hoguera principal de Hooverville pusimos los platos en otra caja. Deza hizo que los colocáramos bocabajo por si llovía no se oxidaran. Yo me acerqué hasta la mujer que me guardaba la maleta: estaba en el mismo sitio que la había dejado y los nudos de la cuerda eran mis nudos.

—Muchas gracias, señora —dije.

—Ya te dije que no te preocuparas —respondió ella.

Volví hasta la gran hoguera para sentarme junto al Alimaña.

El hombre de la armónica dijo:

—Supongo que van a subirse en ese tren mañana.

Yo pregunté:

—¿El que va a Chicago, señor?

—Ese —respondió.

—Sí, señor —dije yo.

Él añadió:

—Pues lo mejor que pueden hacer es dormir todo lo que puedan. Se supone que saldrá a las cinco y cuarto, pero nunca puedes estar seguro con estos trenes de carga.

Nos metimos en una de las chabolas con otros cuantos chicos. El Alimaña roncaba a los dos segundos, pero yo no podía dormir. Abrí mi navaja y la puse debajo de la manta.

Me puse a pensar. La mamá de Deza tenía razón: alguien que no sabe quién es su familia es como polvo arrastrado por una tormenta, no sabe dónde está su sitio. Empecé a preguntarme si ir a California era lo adecuado. Quizá no supiera quién era mi familia, pero sabía que estaban por allí cerca, en alguna parte, y parecía tener mucho más sentido pensar que estaban en los alrededores de Flint y no en el Oeste. Abrí mi maleta para sacar la manta. Aunque me había fiado de la mujer que la había guardado, comprobé que todo estaba en su lugar.

Saqué la bolsa de tabaco donde tenía mis piedras y aflojé el cordel. Saqué los cinco suaves guijarros y los miré. Los encontré en un cajón después de que la ambulancia se llevara a mi mamá y los había guardado desde entonces.

Alguien había escrito cosas con una pluma o algo en los cinco, pero las había escrito en una especie de código y no podía entender lo que decían. Uno de ellos decía "kentland 5.10.11". Los otros decían "loogootee 5.16.11", "sturgis 8.30.12", "gary 6.13.12" y "flint 8.11.11".

Los volví a guardar en la bolsa y la cerré bien. Entonces saqué el sobre donde guardaba la fotografía del poni en el parque Claro de Luna. Perfecta.

Después conté otra vez las hojas: allí estaban las cinco.

Las dejé de nuevo en su sitio, excepto la azul. La levanté para que pudiera recibir algo de la luz que irradiaba la hoguera grande. Me quedé mirando la fotografía y preguntándome qué había en ella que perturbaba tanto a mi mamá. Cuanto más lo pensaba más seguro estaba de que este hombre tenía que ser mi padre. ¿Por qué otro motivo habría conservado los anuncios mi mamá si no?

Cuando quería dormirme, usaba un pequeño truco. Me tapaba la cabeza con la manta y aspiraba su olor muy profundamente. A la tercera bocanada el tufo de la chabola y de Hooverville había desaparecido y solo quedaba el olor de la manta. Y ese olor siempre me recordaba a mi mamá y cómo me leía todas las noches hasta que me dormía.

Aspiré un par de veces más profundamente y me imaginé que estaba oyendo a mi mamá leyendo el cuento de la cabra gruñona o el de la zorra y las uvas o el del perro que vio su reflejo en el agua o cualquier otra de las historias que sacaba de la biblioteca. Podía oír cómo la voz de mi mamá se alejaba cada vez más mientras me imaginaba a mí mismo participando en la historia hasta que por último su voz y la historia eran una misma cosa.

Yo sabía que era mejor dormirse antes de que mi mamá terminara el cuento, porque si terminaba y yo estaba todavía despierto ella siempre me explicaba su significado. Nunca se lo dije, pero eso estropeaba completamente la historia. Yo pensaba que acababa de oír algo divertido sobre un perro o un zorro y mi mamá decía que en realidad eran lecciones sobre no ser egoísta o no querer las cosas que no podías tener.

Aspiré un par de veces más y empecé a pensar en la gallinita roja que quería hornear el pan, "yo, no", decía el cerdo, "yo, no", decía la cabra, "yo, no", decía el lobo, y entonces... tris tras patapún... me dormí. Empecé a soñar con el hombre del violín gigante. Se iba y yo lo llamaba una y otra vez, pero no podía conseguir que mirara hacia atrás. Entonces el sueño mejoró de golpe. Apareció Deza y yo le dije:

—Me gusta muchísimo tu hoyuelo.

Ella se rió y respondió:

—Te veo dentro de siete años.

Un hombre gritó:

—¡Arriba, arriba! ¡Intentan salir antes!

Me levanté de un salto y me golpeé la cabeza con el techo de la chabola. Salí corriendo. Todavía estaba oscuro y el fuego era una pila de brasas resplandecientes.

El hombre decía a grito pelado:

—¡Arriba! ¡Arriba! ¡Han encendido la máquina y están a punto de salir!

El Alimaña y los otros chicos aparecieron a mi lado. El Alimaña dijo:

—¿Es una redada?

Alguien gritó:

—¡No puedo creer que intenten largarse antes de que nos levantemos!

La gente empezó a correr por todo Hooverville.

El Alimaña dijo:

—¡Vamos, Bud, agarra tus cosas, tenemos que subir a ese tren!

Doblé mi manta, la metí en la maleta y até la cuerda. Me guardé la navaja en el bolsillo y el Alimaña y yo corrimos fuera. No habíamos avanzado ni seis pasos cuando un chico sacó la cabeza y gritó:

—Oye, flacucho, ¿es esto tuyo?

Miré hacia atrás. ¡Mi hoja azul! ¡Había olvidado devolverla a la maleta!

El Alimaña dijo:

—¡Deprisa, te esperaré!

—Te alcanzo, adelántate.

Volví corriendo y recogí la hoja que me tendía el chico.

—¡Muchísimas gracias! —le dije.

Me di la vuelta y corrí de nuevo hacia la multitud que se precipitaba a través de los bosques. Había un millón de personas corriendo en la misma dirección.

No quería arrugar la hoja, así que mientras corría la pasé entre la cuerda y la maleta; ya la metería en ella cuando estuviéramos en el tren.

Nadie hablaba. Todo lo que podías oír era el ruido de un millón de pies golpeando la tierra y el ruido de un millón de personas intentando no quedarse sin resuello.

Por último, un sonido como de siseo empezó a hacerse más y más fuerte y supe que no estábamos muy lejos.

Cuando salimos del bosque nos encontramos con la mole negra del tren. La locomotora siseaba y escupía humo negro de carbón al cielo. De vez en cuando, un gran surtidor de chispas iluminaba el interior de la oscura nube; parecía que contuviera un genio que intentara emerger entre el humo. El tren llegaba tan lejos como alcanzaba tu vista: debía de haber por lo menos mil vagones, pero todo el mundo se había detenido y se había quedado de pie mirando. Nadie intentaba subir.

Me fui abriendo paso hacia delante para ver si podía dar con el Alimaña y descubrí por qué todo el mundo se había parado. Había cuatro carros de guardias y ocho guardias de pie entre la multitud y el tren. Todos tenían enormes porras y estaban en actitud de proteger el convoy.

La multitud crecía y crecía y crecía.

Uno de los guardias aulló:

—¡Saben perfectamente que no pueden subir a este tren, así que vuelvan todos a Villa Chabola y no habrá problemas!

—Este es el único tren que va hacia el Oeste durante todo el mes, y saben perfectamente que tenemos familias que alimentar y que tenemos que subir a él. ¡Déjennos subir y no causaremos ningún problema!

El guardia dijo:

—Les advierto que la policía de Flint viene de camino, el lugar donde están es propiedad privada y hay órdenes de disparar a cualquiera que intente subirse a este tren.

Un hombre que estaba junto a mí respondió:

—Prefiero que me disparen a ver cómo mis hijos se mueren de hambre.

El policía dijo:

—Esto es Estados Unidos, muchachos, y ustedes están hablando como comunistas. Saben que no puedo dejarlos subir al tren. También yo tengo hijos que alimentar y perdería mi empleo.

Alguien berreó:

—¡Bueno, pues bienvenido al club, hermano!

Teníamos la impresión de que habíamos estado mirando a los guardias, y ellos a nosotros, durante toda una hora. A nuestro lado había cada vez más y más gente y los guardias empezaron a ponerse muy nerviosos. El que había hablado se dio cuenta de ello y dijo:

—¡Quietos, muchachos!

Uno de los guardias respondió:

—Jake, ahí hay unas cuatrocientas personas y vienen más; no me gusta este asunto. El señor Pinkerton no me paga suficiente para hacer este trabajo.

Y dicho esto, arrojó la gorra y la porra al suelo.

Todo el mundo se quedó helado cuando el silbato del tren sonó una sola vez y la máquina empezó a hacer *chu-*

chuchu. Las grandes ruedas de acero rechinaron un par de veces y comenzaron a moverse.

Otros cuatro guardias tiraron también las gorras y las porras al suelo. El jefe de los policías gritó:

—¡Gallinas!

Y fue como si alguien hubiera dicho: "¡En sus marcas, listos, ya!".

La máquina decía ahora CHUCHUCHUCHUCHU-CHUCHU… y entonces un millón de personas se abalanzó hacia el tren.

Me empujaron desde atrás y me caí encima de la maleta. Alguien se inclinó y me puso en pie de un tirón. Apreté la maleta contra mi estómago y corrí. El tren iba cada vez más rápido: la gente saltaba a él y tendía las manos hacia los que aún estaban abajo. Finalmente me pegué a los vagones y me puse a correr tan rápido como pude. Al levantar la vista hacia el vagón vi al Alimaña.

Mi amigo gritó:

—¡Bud, tírame la maleta, tírame la maleta!

Sirviéndome de las dos manos lancé la maleta al tren. El Alimaña la cogió y cuando se dio la vuelta para meterla en el vagón la hoja azul se desprendió de la cuerda y salió volando por la puerta del vagón. Pero como por milagro la hoja hizo tres piruetas y aterrizó justo en mi mano. Yo frené mi carrera y la metí en el bolsillo.

El Alimaña extendió el brazo y gritó:

—¡Bud, no te pares! ¡Corre!

Empecé a correr nuevamente pero parecía que me había quedado sin piernas. El vagón que llevaba al Alimaña estaba cada vez más lejos. Por último me detuve.

El Alimaña, sacando casi todo el cuerpo por la puerta del vagón dejó de tender el brazo hacia mí, me hizo una señal de adiós y desapareció nuevamente en el tren. Un segundo más tarde mi maleta salió volando del vagón.

Fui andando hasta donde había caído y la recogí. Chico, mi maleta era verdaderamente dura; aun con todo lo que había pasado tenía el mismo aspecto de siempre.

Me senté junto a los rieles e intenté recuperar el aliento.

El tren y mi nuevo hermano estaban cada vez más lejos, traqueteando hacia Chicago. Vaya por Dios: había encontrado por fin una familia y desaparecía antes de que pudiéramos conocernos el uno al otro.

Había otras seis o siete personas más que no habían conseguido subir al tren: nos pusimos a andar todos juntos, hacia Hooverville. Parecía que habían vuelto a encender la gran hoguera: el cielo, en esa dirección, era de un rosado fuerte.

El guardia que había tirado la porra en primer lugar se acercó hasta nosotros y nos dijo:

—No mentí cuando dije que venía la policía de Flint. Vienen a reventar Villa Chabola. Lo mejor que pueden hacer es largarse de aquí.

Cuando nos acercábamos a Hooverville oímos cuatro disparos. Nos dispersamos por los bosques y nos cobijamos donde pudimos para ver lo que había sucedido. Yo, que miraba desde detrás de un árbol, pude ver a un grupo de policías de expresión amenazadora y con las pistolas desenfundadas. Estaban reuniendo a toda la gente que se había quedado en Hooverville en un lado; los policías se apiñaban en el otro.

Habían encendido nuevamente la hoguera y el fuego era mayor que nunca, porque los guardias estaban echando en ella los tablones, los cartones y los trozos de lona que habían servido para hacer las chabolas de Hooverville.

Uno de los policías arrastró la gran olla donde se lavaba la ropa a un lado y le disparó cuatro veces más. Vaya, en lugar de disparar a la gente estaban llenando de agujeros ollas y cazuelas. Un hombre gritaba:

—¡Malditos canallas, cobardes, han esperado hasta que la mayor parte de los hombres se ha ido, desgraciados!

Los guardias ni hablaban ni nada; se limitaban a echar el Hooverville de Flint al fuego.

Intenté localizar a Deza Malone, pero había demasiada gente.

Parecía que lo único bueno que había sacado de ir a Hooverville era que por fin había besado a una chica. Puede que alguien estuviera intentando decirme algo, algo relacionado con haber perdido el tren y con que la hoja azul volviera flotando hacia mí; puede que Deza Malone tuviera razón.

Quizá debía quedarme aquí, en Flint.

Volví a los bosques y me senté. Saqué el papel azul de mi bolsillo y abrí mi maleta de nuevo. Lo alisé y lo estuve mirando durante un buen rato.

Quizá volvió flotando hacia mí porque este Herman E. Calloway de verdad era mi padre. ¡Un momento! Me senté. Los nombres Caldwell y Calloway se parecen mucho, los dos tienen ocho letras y no hay demasiados apellidos que lleven una C, una A, una L y una W reunidas de esa forma. Recordaba lo que había leído en un folleto titula-do *Reventabandas:* decía que un buen delincuente elige un alias que tenga cierta relación con su verdadero nombre. Lo que pasaba es que yo no podía imaginarme quién era el delincuente aquí y por qué alguien necesitaba un alias.

Quería quedarme y buscar a Deza y a su madre, pero era demasiado penoso oír a la gente llorar y gritar. Además, me había dado a la fuga. Empecé a andar.

Si me daba prisa, podría desayunar en la Misión.

Capítulo IX

L legué a la cola del desayuno con tiempo más que suficiente. Pero mi supuesta familia había desaparecido. Tuve que comer solo, sin azúcar moreno.

Cuando terminé fui a la biblioteca y me senté debajo de mi árbol a esperar a que abrieran. No podía dejar de pensar en Deza Malone y en su hoyuelo. ¿Cómo la encontraría ahora su padre?

Finalmente vi gente que entraba en la biblioteca. Allí estaba de nuevo la misma bibliotecaria del último día.

Le dije:

—Buenos días, señora.

—Buenos días, jovencito —contestó.

—¿Podría por favor prestarme un lápiz y un trozo de papel y mostrarme ese libro que dice la distancia que hay entre una ciudad y otra, señora?

Ella respondió:

—Desde luego que sí. Sabes, cuando me fui a casa anoche me acordé de quién eras. ¿No venías con tu madre hace mucho tiempo?

—Sí, señora.

Ella continuó:

—Y si me acuerdo bien, tu madre y tú tenían gustos muy distintos en libros. Recuerdo que a tu madre le gustaban las novelas de misterio y los cuentos de hadas, ¿no es así?

¡Vaya, no podía creer que se acordara!

—Y tú eres el muchachito que venía todo el tiempo a pedirle a la señorita Hill libros sobre la Guerra Civil, ¿no?

—Sí, señora —contesté.

Ella dijo:

—¡Lo que suponía!

Me tendió lápiz y papel y el libro de las ciudades y prosiguió:

—Cuando termines con el libro tráemelo, que tengo algo especial para ti —dijo esto con una gran sonrisa en la cara.

—Gracias, señora —contesté, pero no me entusiasmé demasiado porque sé las cosas que les resultan especiales a las bibliotecarias.

Fui hasta una mesa y busqué Flint y Grand Rapids en el libro. Donde las dos líneas se encontraban decía 120. ¡Uau! Iba a ser una buena caminata.

Después escribí 120 y lo dividí por 5, lo que me dio 24. Eso significaba que tendría que andar durante veinticuatro horas para llegar a Grand Rapids, casi un día y una noche.

Pensé que lo más fácil sería hacer primero la parte nocturna, así que decidí quedarme en los alrededores de la biblioteca hasta que oscureciera y una vez que se hubiera puesto el sol iniciar el camino hacia Grand Rapids. Anoté todos los nombres de las ciudades por las que tenía que pasar para llegar hasta allí: Owosso, Ovid, St. John's, Ionia y Lowell, y me guardé el papel en el bolsillo.

Cuando le devolví el libro a la bibliotecaria aún sonreía. Me dijo:

—¿A que te mueres de ganas de saber cuál es la sorpresa?

Yo mentí:

—Sí, señora.

Buscó bajo su mesa y sacó un libro muy, muy grueso llamado *Historia en imágenes de la Guerra entre los Estados*. ¡Uau! ¡Era un libro gigantesco!

—¡Muchísimas gracias, señora!

Ella respondió:

—¡Que lo disfrutes!

Me llevé el libro a mi mesa. No quise decirle que en realidad no me interesaba la Historia, sino que las mejores imágenes sangrientas de todo el mundo eran las de la Guerra Civil. Y este libro estaba lleno de ellas. Era un libro fabuloso.

Hay otra cosa que resulta rara de las bibliotecas: siempre parece que el tiempo vuela cuando estás en una. En un momento yo estaba en la primera página del libro, oyendo los crujidos que hacen las hojas, oliendo el olor de los libros, y leyendo de qué batalla trataba la ilustración de esa página y un momento después la bibliotecaria estaba de pie junto a mí diciendo:

—¡Estoy muy impresionada! ¡De verdad que has devorado ese libro! Ahora tengo que cerrar, pero ¡puedes empezar de nuevo mañana!

¡No podía creerlo, me había ocurrido de nuevo! Me había pasado el día entero leyendo. Sus palabras rompieron el hechizo en el que estaba preso, y mis tripas se pusieron a hacer ruido inmediatamente. Iba a llegar tarde a la Misión.

Cuando me acompañaba a la puerta, la bibliotecaria se detuvo en la mesa y dijo:

—Ya sé que el conocimiento alimenta, pero no he podido dejar de observar que no fuiste a comer. Debes de estar muy hambriento.

Me tendió entonces una bolsa de papel y me regaló otra sonrisa.

—¡Gracias, señora!

Ella sonrió:

—Nos vemos mañana.

Yo respondí:

—Sí, señora. Gracias por todo.

Volví bajo el árbol de Navidad y tomé mi maleta. Mañana, a estas horas, estaría mirando la cara del hombre que tenía que ser mi padre. Empecé a comer el sándwich de queso que la bibliotecaria me había dado.

Después me puse en camino hacia Grand Rapids.

Es curioso cómo son las ideas, en muchos sentidos son igual que semillas. Unas y otras empiezan siendo muy, muy pequeñas y después... tris, tras, patapún... antes de que las puedas decir se han convertido en algo mucho más grande de lo que pensabas.

Si te pones a mirar un gran arce, es difícil creer que empezó siendo una semilla pequeñita. Quiero decir que si agarras una de esas semillas de arce y la haces rodar un par de veces en tu mano no hay forma de imaginar que de esa cosita pueda salir algo tan grande que para ver su copa tengas que doblar el cuello hacia atrás. Algo tan grande de lo que se pueda colgar un columpio, o en donde se pueda construir una casa, o contra lo que puedas estamparte con un carro y matarte y matar a los infelices que habían salido a dar una vuelta contigo.

Las ideas se parecen muchísimo a eso: por esa razón la idea de que Herman E. Calloway fuera mi padre empezó siendo algo tan pequeño que, si yo no le hubiera prestado atención, habría sido arrastrado con el primer soplo de viento. Pero ahora era grande e importante y lo cubría todo.

La idea surgió por primera vez cuando vi en mi maleta una de las hojas que mostraba a Herman E. Calloway y a su banda. Eso fue como la semilla que cae del árbol y germina.

Empezó a sacar la cabeza de la tierra cuando otros chicos del Hogar y yo recibíamos nuestra ración nocturna de boca de Billy Burns, el mayor matón de allí.

Billy dijo:

—Yo no tendría que estar aquí. Estoy aquí por error y no pasará mucho tiempo antes de que mi mamá venga a buscarme.

El Alimaña contestó:

—Billy, ¿y por qué demonios le lleva tanto tiempo a tu mamá enterarse de dónde estás? Debe de tener una memoria más que mala.

—Vaya, vaya, vaya, vaya, miren quién habla: nada menos que el señor Alimaña. Pues mira, he visto montones de personas que tienen casas infestadas de insectos, pero eres el primero que veo con la cabeza infestada de cucarachas. No espero que un pequeño ignorante como tú sepa nada sobre padres que vuelven a sacarte. Ni siquiera tienes la menor idea de quiénes son tu padre y tu madre. Podría ser cualquier idiota de los muchos que andan por la calle —contestó Billy.

Miró hacia el resto de nosotros y añadió:

—Siete chicos en esta habitación y ninguno sabe quiénes son sus padres. Vaya colección de almas en pena que hay aquí.

—Eso no es cierto, sé quién es mi mamá y viví con ella durante seis años —contesté.

Otro chico dijo:

—Yo también viví con mi mamá durante mucho tiempo.

Billy Burns se volvió hacia mí y me dijo:

—¿Es eso cierto? ¿Y qué pasa con tu viejo? ¿Cuántos años viviste con él? Aquí tengo cinco centavos y, ¿sabes lo que dice el búfalo?

Billy le había quitado una moneda de cinco centavos a alguien y la levantaba en el aire, con el búfalo vuelto hacia nosotros. Fingía que el búfalo hablaba sacando una voz ronca, como se supone que es la voz de los búfalos, y decía:

—Billy, adelante, apuéstale a este tonto sin madre que no tiene ni idea de quién es su padre, así tendré otra moneda con la que tintinear en tu bolsillo.

Antes incluso de que me detuviera a pensarlo dije:

—Me debes un níquel. Mi papá toca un violín gigante y su nombre es Herman E. Calloway.

Y con esas palabras, que ni siquiera quise decir, la semillita empezó a crecer.

La idea se hizo más y más grande cuando, por la noche, me puse a pensar en por qué mi mamá guardaba las hojas. Sus raíces fueron haciéndose más profundas y extensas cuando fui lo bastante mayor como para entender que mi mamá sabía que no iba a estar conmigo mucho tiempo y que intentaba dejarme un mensaje acerca de quién era mi padre y por qué ella nunca había hablado de él. Sabía que mi mamá debía sentir una vergüenza enorme porque él no estaba con nosotros e intentaba comunicármelo con suavidad. El único problema es que esperó demasiado.

Quiero decir, ¿qué otra razón podría haber para que mi mamá guardara todas las cosas que yo tenía en la maleta y las tratara como tesoros, y por qué sabía yo en lo más hondo de mis tripas que eran verdaderamente importantes, tan importantes que yo no me sentía cómodo a menos que las tuviera cerca todo el tiempo? La idea había crecido hasta convertirse en un enorme arce, lo bastante alto como para que si yo miraba un rato su copa se me encalambrara el cuello, lo bastante grande para que pudiera colgarle una cuerda para trepar y lo bastante fuerte para que me decidiera a cruzar andando el Estado de Michigan.

Abrí la maleta y saqué las hojas antes de que se hiciera de noche. Coloqué la azul con el cartel sobre Flint en el fondo y miré las otras. Dos de ellas llevaban la misma fotografía de Herman E. Calloway y los otros tipos, pero en una decía Herman E. Calloway y la Banda de Blues de los Absolutamente Infelices, en otra Maestros de los Blues del Delta, y en otra ponía Herman E. Calloway y los Talentudos Caballeros del Gospel presentan a la solista Miss Grace "Bendita" Thomas, y eran Los Siervos de la Salvación del Señor.

Las otras dos hojas tenían simplemente dos dibujos. El primero era un dibujo de un acordeón y hablaba de una banda llamada H. E. Callowski y los Maravillosos Melódicos de Varsovia, que eran Los Maestros de la Polka. El segundo mostraba un dibujo de unas montañas y hablaba de una banda llamada H. E. Bonnegut con la Big Band Los Bullangueros de Berlín, que eran Los Maestros de Todo lo Imaginable.

Puse las hojas en la maleta y me levanté. ¡Igualito que el Alimaña, me dirigía al Oeste!

Capítulo X

Flint terminaba y de repente estabas en el campo. Era como uno de esos días en los que llueve sobre una acera de la calle y no llueve en la otra. Aquí está Flint, en una acera: das un pasito y de repente estás en el campo, andando por un sendero de tierra. A un lado de la acera había una señal que decía:

HA SALIDO DE FLINT. REGRESE PRONTO

Y en el camino de tierra:

HA ENTRANDO EN FLINT.
DISFRUTE DE SU ESTANCIA

Salté dentro y fuera de Flint unas siete veces antes de aburrirme y decidir que lo mejor era ponerme en camino cuanto antes hacia Grand Rapids. Ya estaba muy, pero que muy oscuro y a menos que las cosas fueran diferentes en el campo, no iba a verse la luz pronto.

Ciento veinte millas. No pasó mucho tiempo antes de que me diera cuenta: veintidós horas y media andando era mucho más largo de lo que yo habría creído. Debía de haber estado andando no más de un par de minutos cuando todo cambió.

En primer lugar, los ruidos. Flint era a veces un sitio muy ruidoso, con los bocinazos de los carros y de los camiones sin silenciadores en los escapes y con la gente gritándose unos a otros de tal forma que no podías saber si se lo pasaban estupendamente o estaban a punto de darse puños.

Aquí, en el campo, los ruidos también eran fuertes, pero lo que se oía era el sonido de insectos, de sapos, de ratones y de ratas jugando a un escondite peligroso, de mucho miedo, cuando vagaban de un lado a otro intentando que no los agarraran y agarrar. La diferencia con el escondite que jugábamos los chicos era que, aquí, si te agarraban, te comían.

A cada paso que daba hacia Grand Rapids podía oír los ruidos de los ratones y de los caparazones de los insectos crujiendo entre los dientes de cosas mucho más grandes.

De vez en cuando una pareja de felinos emitía la clase de aullidos y chillidos que hace que se te pongan los pelos de punta y que te hace saltar como si tuvieras resortes en los pies y que convierte tu corazón en un flan tembloroso haciéndote sentir poco más que un ratón.

Caminé y caminé y caminé. A veces se acercaba un carro y tenía que meterme de un salto en los arbustos hasta que pasaba, así que no creo que anduviera a cinco millas por hora ni mucho menos. Parecía como si hubiera estado andando toda la noche, pero solo había atravesado tres pequeños pueblos. Me sentía tan cansado que se me olvidaba saltar en los arbustos cuando oía el rugido de un motor. En ocasiones me veían, frenaban durante un segundo y luego volvían acelerar. La mayor parte de las veces ni notaban que yo estaba allí.

Otro carro apareció de repente en la parte alta de una colina. Las luces me cegaron durante un segundo y luego me metí de nuevo entre la maleza.

El tipo que conducía frenó, se detuvo y pude ver que volvía la cabeza.

Metió la marcha atrás, retrocedió y volvió a frenar a unos treinta pasos de donde yo me escondía. Abrió la puerta, salió del carro y empezó a andar muy despacio hacia los arbustos.

Se pasó la mano por la cabeza y se puso una pequeña gorra negra como la que a veces llevan algunos policías o militares. Pero todos los policías que yo había visto en mi vida eran blancos, así que este individuo tenía que ser un soldado.

Se detuvo, se llevó los dedos a los labios y silbó. El silbido fue tan fuerte que hizo que me agachara automáticamente y me tapara los oídos con las manos. Parecía que silbaba dentro de mi cabeza. Todos los insectos, ranas y demás se callaron de golpe, y dejaron de saltar unos sobre otros porque también para ellos era el silbido más fuerte que jamás habían oído.

Los tallos rotos crujían aplastados por el hombre de la gorra que había avanzado un par de pasos más para detenerse de nuevo. Por segunda vez emitió ese silbido que me taladraba los oídos. Los pocos insectos que habían vuelto a emitir sonidos callaron nuevamente.

—¡Di aquí! —gritó entonces.

Esperó un rato y repitió:

—¡Di aquí! Sé que mi vista no es tan buena como antes, pero sé también que no es tan mala como para que me mienta respecto a haber visto a un chico de color caminando junto a la carretera a las afueras de Owosso, Michigan, a las dos y treinta de la mañana.

Yo no sabía si estaba hablando conmigo o consigo mismo. Me incorporé un poco intentando verlo mejor. Se acercó aún más a mí y entonces, a unos diez pasos de distancia, se detuvo.

—Oye lo que te digo: he visto cosas fuera de lugar antes y un chico de color andando por la carretera justo a la salida de Owosso, Michigan, a las dos y treinta de la mañana, es claramente algo fuera de lugar. En realidad ninguno de los dos deberíamos estar aquí a estas horas de la noche.

Entonces se acuclilló y dijo:

—¿Estás aún ahí?

Levanté la cabeza un poco más para ver mejor al tipo y su gran carro. Había dejado la puerta abierta y el motor en marcha, que sonaba buga, buga, buga, buga, buga.

—Hijo —dijo entonces—, no es hora de jugar. Ni sé ni me importa lo que haces aquí, pero déjame que te diga que estás muy lejos de casa. ¿Eres de Flint?

¿Cómo podía saber que era de Flint solo viendo mi cara durante un segundo a la luz de los faros? Me pregunto por qué los adultos saben tanto de ti con solo mirarte.

Algo me decía que le contestara, pero aún quería verlo mejor.

El soldado se puso en pie y añadió:

—¿Sabes qué? Apuesto a que si no puedo convencerte de que salgas, tengo algo que puede hacer que me enseñes la cara. A juzgar por lo que he visto me parece que estás un poquito en el lado enclenque. Apostaría cualquier cosa a que te mueres de hambre. Pues mira, da la casualidad de que tengo un sándwich de mortadela y de mostaza que me sobra y una manzana en el carro. ¿Te interesan?

Vaya. ¿Cómo sabía que tenía tanta hambre?

Entonces añadió:

—Puede que incluso tenga un poco de gaseosa.

Antes de que mi cerebro pudiera impedirlo, mi estómago hizo que mi boca gritara:

¡Pero no me gusta la mostaza, señor!

Ya le había dicho sin querer dónde me escondía, pero no se abalanzó sobre mí para intentar agarrarme, sino que se limitó a reírse y dijo:

—Bueno, no lo he comprobado, pero no creo que la mostaza se le haya pegado. Estoy seguro de que puedes quitarla. ¿Qué dices?

Esta vez puse mucho más cuidado en contestarle, de modo que no pudiera localizarme por la dirección de la voz. Volví la cabeza y hablé de lado torciendo la boca como si fuera uno de esos a los que llaman ventrílocuos:

—Déjelos al lado de la carretera y ya los tomaré. Y abra por favor la botella de gaseosa, señor, que no llevo un destapador encima.

Se acuclilló de nuevo y me respondió:

—Oh, no, lo siento, no puedo hacer eso. El trato es que, si te doy de comer, tú me enseñas la cara.

Tal como hablaba, parecía que el tipo era buena gente y antes de que mi cerebro pudiera impedirlo, mi estómago me dijo que metiera bien mi maleta entre los arbustos y que saliera. El hombre, que seguía acuclillado, me dijo entonces:

—Ya sabía yo que había visto algo. Un trato es un trato, así que voy a traerte la comida, ¿bueno?

—Sí, señor.

Se levantó, me dio la espalda, se acercó al carro y rebuscó dentro. Unos instantes más tarde regresó con una bolsa de papel y una botella grande de gaseosa.

—Aquí está.

Se quedó allí de pie sosteniendo la bolsa y la botella en la mano como si esperara que yo saliera a cogerlos.

—¿Podría dejarlo en el suelo? Yo me lo comería y usted podría seguir su camino, señor.

Riéndose de nuevo, contestó:

—Gracias por tu interés, pero puedo permitirme perder un poco de tiempo.

Como el tipo estaba allí de pie en la oscuridad y movía la botella de un lado a otro y era gaseosa roja, y las luces intermitentes rojas del carro relucían a través de la botella, esta parecía del rojo más intenso del mundo. Fui caminando despacio hasta llegar donde estaba el hombre, como si estuviera hipnotizado. Me olvidé completamente de mis modales y tendí las manos hacia la comida.

Él levantó la botella por encima de su cabeza y dijo:

—Espera un poco.

—¿Podría beber un trago de la gaseosa, señor?

—No es por eso por lo que dije que esperaras: lo he dicho porque tenemos que hablar primero —respondió sonriendo.

Mis ojos se apartaron de la botella y miraron al hombre. La gorra que llevaba no era ni de policía ni de soldado, era el tipo de gorra que llevan los hombres que conducen coches de lujo para ricos. Y no era negra, sino roja. Dijo entonces:

—Tengo un problema y necesito que me ayudes a resolverlo.

Oh-oh. Lo que acababa de decir está recogido en otra de las "Reglas y Cosas para tener una vida más divertida y ser un mentiroso cada vez mejor" de Bud Caldwell. Era la número 87.

REGLAS Y COSAS NÚMERO 87
Cuando un adulto te dice que necesita tu ayuda con un problema, prepárate a que te hagan una jugada... La mayor parte de las veces significa que quieren que vayas a buscarles algo.

El hombre prosiguió:

—Mi problema es que no soy tan valiente como tú. Me siento muy, pero muy incómodo, de pie junto a la cuneta de una carretera justo a las afueras de Owosso, Michigan, a las

dos y treinta de la mañana, y cuanto antes pueda tranquili-
zarme con respecto a lo que tú puedas estar haciendo aquí,
más rápido podremos volver cada uno a nuestros respectivos
asuntos, ¿no te parece?

Yo asentí.

Él esperó un segundo y entonces asintió también. Volví
a asentir.

—¿Y bien? —preguntó.

Yo estaba demasiado cansado y hambriento como para
pensar en una buena mentira, así que respondí:

—Nada, señor.

Puso cara de decepción y dijo:

—¿Cómo te llamas, hijo?

—Me llamo Bud, no Buddy, señor.

—Pues sí que es un nombre raro. ¿Te has escapado de
casa, BudnoBuddy?

Me di cuenta de que el tipo me estaba tomando el pelo,
pero en cualquier caso contesté:

—Sí, señor.

—Bien, es un principio.

Me tendió la botella de gaseosa. Debía haberla tenido
en hielo en el carro, porque estaba fría, dulce y deliciosa.
Después de un par de segundos bajé la botella.

—Despacio, despacio, no te la zampes de un trago.
Hay mucha.

Yo bebí más despacio.

—Bien, Bud, te has escapado de casa. ¿Y dónde queda eso?

No sé si era por la acción de la gaseosa sobre mi cerebro
o porque soy tan buen mentiroso, pero o lo uno o lo otro
logró que pensara de nuevo con gran rapidez.

Lo primero que supe era que no importaba lo que le dijera: este hombre no iba a dejar que me quedara allí solo, en campo abierto, pero el nerviosismo con el que miraba en torno suyo estaba logrando que me sintiera asustado, y hacía que salir de allí se hubiera convertido en algo muy deseable.

Lo segundo que supe era que no podía decirle nada a este hombre ni del Hogar ni de la familia Amos. No iba a permitir que me devolviera ni al uno ni a la otra.

El hombre insistió:

—¿Dónde está tu casa, Bud?

Puede que exactamente en ese instante mi corazón impulsara otra bocanada de gaseosa a mi cerebro, porque se me ocurrió una mentira perfecta:

—Me he escapado de Grand Rapids, señor.

¿Se dan cuenta de lo estupenda que era la mentira? Puede que este tipo sintiera lástima por mí y me pusiera en un autobús hacia Grand Rapids y yo pudiera poner fin a la tal caminata.

Alguien que conduce un carro como ése tenía que ser rico o por lo menos conocer a alguien que lo fuera. El hombre se rascó la cabeza y dijo:

—¡¡Grand Rapids!!

Lo dijo como si fuera la cosa más increíble del mundo, como si la dijera rodeada de signos de admiración.

Algo en la forma de decirlo hizo que me sintiera nervioso, pero le respondí:

—Sí, señor.

Es lo malo que tiene mentir: cuando dices una mentira tienes que sostenerte en ella.

—Bien, que me condene si... —dijo el hombre—. De allí es de donde vengo; no hace ni hora y media que salí.

Me quitó la botella de la mano, me cogió del brazo, me llevó hasta el asiento del pasajero del carro y abrió la puerta.

Yo me alegré mucho de que me fueran a llevar en carro pero dije:

—Señor, he dejado mi maleta entre los arbustos, ¿puedo ir por ella?

—Vaya, mis ojos no son tan malos como creí que eran: ya me di cuenta de que llevabas una caja o algo. BudnoBuddy, no sabes la suerte que tienes de que pasara por aquí. Algunos de los tipos de Owosso solían colgar un cartel que decía, y te lo voy a decir sin las palabrotas: "A nuestros amigos negros que pasan por aquí, no dejen que su trasero vea la noche en Owosso".

Quizá no se fiaba mucho de mí, porque no me soltó el brazo. Nos acercamos a los arbustos y yo agarré la maleta. Entonces volvimos juntos al carro. Cuando abrió la puerta del pasajero pude ver que había una gran caja en el asiento de adelante. El hombre, sin soltarme el brazo, luchó con la caja hasta colocarla en el asiento de atrás.

Si me hubiera soltado el brazo solo un segundo, hubiera salido corriendo como si me persiguiera el mismísimo demonio. En uno de los lados de la caja había escrito en letras rojas grandes y muy claras:

URGENTE: ¡CONTIENE SANGRE HUMANA!

¡Vaya, hombre, aquí vamos de nuevo!

El corazón me empezó a dar saltos en el estómago. ¡La única gente que lleva sangre humana en los coches de un lado a otro son los vampiros! Deben beberla si hacen un viaje largo en el que no encuentran gente a quien chupársela. ¡Este prefería mi sangre a la de una botella!

Le oí vagamente que decía:

—Adentro. Mañana vuelvo a Grand Rapids, así que enviaré un telegrama a tus padres y luego te llevaré de vuelta.

Entonces cometió su primer error: me soltó el brazo. Yo me metí en el carro como una anguila y cerré la puerta tras de mí como un relámpago. Eché el seguro a la puerta y me abalancé sobre el asiento del conductor para cerrar la otra puerta y poner el seguro justo en el momento en el que el vampiro agarraba la manilla e intentaba abrirla. Luego busqué a tientas en el bolsillo, saqué mi navaja y la escondí debajo de mi muslo. Sentado en el asiento del conductor, puse las manos en el volante y miré al cambio de marchas automático intentando averiguar qué posición era "adelante". Al mismo tiempo estiré las piernas cuanto pude y me di cuenta de que llegaba justo al acelerador.

Metí la marcha y el carro echó a andar de un salto con el vampiro corriendo detrás para agarrarme.

¡Uau! ¡Si me seguían pasando cosas como esta seguramente le quitaría el puesto a Nelson Cara de Bebé en la lista de los diez hombres más buscados del FBI!

Capítulo XI

El carro avanzó unos quince metros antes de que comenzara a dar brincos y se detuviera. El hombre vampiro me alcanzó sin dificultad: tenía un aspecto muy sorprendido y se limitó a golpear en la ventanilla con los nudillos mientras gritaba:

—¡Baja la ventanilla un segundo, Bud!

A veces es terrible ser bien educado. No pude evitarlo, bajé la ventanilla lo suficiente como para que las palabras pudieran entrar, pero las garras no.

—Dime, ¿qué es todo esto? —inquirió.

—¿Qué se cree, que no sé leer? ¿Cómo es que lleva sangre humana de un sitio para otro en su carro? —contesté.

Le enseñé mi navaja y añadí:

—Se lo advierto, sé cómo matar vampiros. Esta navaja está hecha con auténtica plata maciza de 24 quilates.

Al oír esto, se cubrió la cara con las manos y sacudió la cabeza de un lado a otro un par de veces.

—Ay, Dios mío de mi vida, ¿por qué a mí? —dijo. Entonces añadió—:Bud, si fueras de Flint podría pensar que te crees eso de verdad, pero eres un chico de Grand Rapids, y seguro que eres más listo. ¿Si yo fuera un vampiro por qué tendría ese sándwich y la botella de gaseosa?

Lo pensé un segundo y la respuesta me salió sola:

—¡De carnada!

Volvió a ponerse las manos sobre la cara. Esta vez, cuando las retiró, se estaba riendo.

—Bud, si yo fuera un vampiro no tendría que cazar a chicos pequeños, simplemente metería mis garras en una de esas botellas y ya tendría la cena. Además ¿has oído alguna vez de un vampiro que supiera conducir un carro? —contestó.

Eso tenía sentido: en todas las películas que había visto y en los libros que había leído sobre vampiros nunca había uno que manejara. Pero no iba a correr ningún riesgo.

—¿Podría verle los dientes, señor?

—¿Qué?

—Sus dientes, señor.

El hombre murmuró algo, meneó de nuevo la cabeza y se inclinó hacia la ventana abriendo la boca. Aunque no tenía colmillos de vampiro, los dientes daban bastante miedo. Parecían como si pudieran arrancarte un buen trozo cuando se lo propusieran.

Entonces dijo:

—Bud, tengo que llevar esta sangre al hospital de Hurley en Flint; la necesitan con urgencia para una operación.

Solamente con verte me doy cuenta de que eres demasiado listo como para creer en tonterías de vampiros, hijo. Sé buen chico y abre la puerta.

Quité el seguro de la puerta y me pasé al asiento del copiloto. El hombre comentó:

—Creo que me llevaré a la tumba esa horrible imagen de ti al volante, arrancando el carro mientras yo me quedaba en la cuneta de una carretera de Owosso, Michigan, a las dos y media de la madrugada. Gracias a Dios que no sabes conducir.

—No, señor, pero si me hubiera enseñado los colmillos habría aprendido a toda velocidad.

Por si acaso, me fijé muy bien en cómo ponía en marcha el carro para que la próxima vez que me ocurriera algo así pudiera largarme sin problemas. El tipo y yo nos pusimos en dirección a Flint, retrocediendo por la misma carretera que tanto me había costado andar. Si las cosas continuaban así, jamás iba a abandonar esa maldita ciudad.

No habíamos recorrido ni unos metros cuando empezó a soltarme una auténtica manada de preguntas. Preguntas que yo tenía que poner mucho cuidado en responder correctamente.

Empezó así:

—¿No te sientes mal al preocupar a tu madre de esta forma, BudnoBuddy?

—Mi madre está muerta, señor.

La mayor parte de las veces, si le dices eso a un adulto te deja en paz, pero no este hombre.

—¿Qué? Lo siento muchísimo, Bud. Así que ¿vives con tu padre?

—Sí, señor.

—¿En el mismo Grand Rapids?

—Sí, señor.

—¿Cómo se llama, trabaja en el ferrocarril?

—No, señor.

La semilla comenzó a brotar con más y más fuerza, y añadí:

—Su nombre es Herman E. Calloway y toca el violín más grande que jamás haya visto.

—¿Qué? —gritó el hombre.

—De verdad, señor, juro por Dios que es el violín más grande del mundo —contesté.

—Conozco a tu padre, todo el mundo en Grand Rapids lo conoce —dijo él.

Yo no contesté nada.

—Pero qué casualidad. Sabes, a primera vista no diría que te pareces mucho a Herman, pero mirándote despacio se ve el parecido. Naturalmente él es un poco más grande, si sabes lo que quiero decir —añadió.

Estas eran las mejores noticias que había recibido en todo el día. Una gran sonrisa apareció en mi cara y asentí:

—Sí, señor, la gente dice que soy el vivo retrato de mi viejo.

El tipo se volvió para soltarme otra manada de preguntas, así que para detenerlo agregué:

—Señor, ¿podría comer el sándwich y beber el resto de la gaseosa antes de contestar a todas sus preguntas?

Se golpeó la cabeza y contestó:

—Oh, lo siento, Bud, estoy tan sorprendido de que seas quien eres y tan feliz de que no te largaras con el carro que se me había olvidado nuestro trato.

Me alcanzó el sándwich, la gaseosa y la manzana. Yo tenía tanta hambre que me olvidé completamente de quitarle la mostaza a la mortadela; a pesar de eso, fue el mejor sándwich de mi vida.

—Bud —dijo—, mi nombre es señor Lewis. Si tuvieras quince o veinte años más podrías llamarme Zurdo, pero como no los tienes señor Lewis estará bien.

Me pasé el trozo de sándwich que estaba masticando a un lado de la boca y dije:

—Sí, señor, señor Lewis.

Él dijo:

—No me avergüenza admitirlo: esta noche me has dado un susto que nunca olvidaré. Sé que tendré pesadillas con nuestro encuentro el resto de mi vida. Me despertaré bañado en sudor frío más de una noche con la imagen de mi carro perdiéndose en el horizonte contigo al volante y la caja con las botellas de sangre en la parte de atrás. Mira, así lo veo: yo estaré durmiendo como un tronco, bien metido en un sueño con Ruth Dandridge, cuando repentinamente estaré de pie en la cuneta de una carretera junto a Owosso, Michigan, a las dos y treinta de la madrugada, y veré cómo mi carro y la sangre se pierden en la distancia sin que se vea otra cosa que tu cabecita de cacahuete saliendo por encima del salpicadero.

Me miró por el rabillo del ojo y añadió:

—¿Te ha dicho alguien alguna vez que tienes una cabecita de cacahuete?

Me tragué la gaseosa con la que había estado jugando en la boca y respondí:

—No, señor.

— Bien —dijo—, esta puede ser la primera vez pero, salvo que te sometas a una operación seria, no será la última.

—Sí, señor.

Esperó un momento y añadió con cierto tono de decepción:

—No te lo tomes con tanta seriedad, Bud; te estoy tomando el pelo, hombre.

Yo le pegué un mordisco a la manzana.

—Sí, señor.

—¿Has estado alguna vez en el ejército, Bud?

—No, señor.

—Pues oye, tengo que decirte que nunca había oído tantos "señores" desde que volví de Fort Gordon en Georgia donde recibí instrucción militar.

Casi dije "sí, señor", pero lo miré y me di cuenta de que todavía me tomaba el pelo.

Tomé otro trago de gaseosa y cuando levanté la botella me di cuenta de que había dejado caer accidentalmente restos de comida en la bebida. Había un par de trozos de pan a medio masticar, un trozo de mortadela y parte de la mostaza nadando dentro de la botella. La mostaza hacía un efecto realmente bonito: parecía una clase de niebla mágica. Cada vez que movía la botella el humo de la mostaza cobraba una forma diferente. Lewis el Zurdo preguntó:

—¿Me das un trago de esa gaseosa, Bud?

Oh-oh. Cogió la botella, le echó un vistazo y me la devolvió diciendo:

—No es nada personal, Bud, he criado tres niños y tengo dos nietos, así que sé lo que es beber después de un niño. Pero creo que necesitas que te vea un médico, porque me da la impresión de que tienes un serio problema de reflujo; nunca había visto tanta comida flotar en una botella de gaseosa. En realidad ha dejado de parecer gaseosa, ahora parece un estofado.

Me tragué a toda velocidad el resto de la gaseosa y me puse a comer la manzana lo más despacio que pude, porque supuse que en cuanto hubiera acabado empezarían nuevamente las preguntas.

Lewis el Zurdo dijo:

—¿No tienes sueño?

¡Era perfecto! Podía fingir que me dormía y dedicarme a pensar en algunas respuestas que me llevarían segurísimo a Grand Rapids. Bostecé a lo bestia y dije:

—Un poquito, señor.

—De acuerdo; dame el corazón de la manzana. Me parece que lo único que has dejado es una semilla o dos.

Le tendí el corazón de la manzana; él lo envolvió cuidadosamente en el papel encerado del sándwich y lo metió en la bolsa de papel.

—Estírate un rato y duerme un poco. Aproximadamente dentro de una hora estarás en una cómoda cama. Podremos hablar por la mañana.

Se volvió hacia el asiento trasero y dijo:

—Toma —y tendiéndome una chaqueta, añadió—: puedes usarla como manta.

La chaqueta olía muy bien, como a especias y jabón. Lewis el Zurdo dijo:

—Oh, BudnoBuddy, una cosa más antes de que te duermas. ¿Podrías alcanzarme una de esas botellas de sangre que hay en la caja por favor? No he tomado un bocado en todo el día.

Mantuve los ojos cerrados y sonreí. Sabía que estaba a salvo, porque nunca había oído de un vampiro que pudiera conducir y que además tuviera tanto sentido del humor. Además yo tenía mi navaja abierta debajo del muslo derecho y en mi opinión me había creído cuando le dije que estaba hecho de auténtica plata maciza, aunque probablemente no era cierto.

Tan pronto tuve la chaqueta sobre mí, el olor a especias y a jabón, el sonido de los grillos y de los sapos puso plomo en mis párpados.

¡Uau! Debía de haber estado muy, pero que muy cansado. Caminar, entrar y salir de los arbustos en el trayecto entre Flint y Owosso era mucho más trabajoso de lo que yo había creído.

La mayor parte del tiempo desde que murió mi mamá, si alguien se me acerca cuando duermo, me despierto en un dos por tres: abro los ojos y miro frente a frente a quien sea. En uno de los hogares adoptivos donde estuve, una mujer me dijo que sabía que iba a ser un delincuente porque "cualquiera que tenga el sueño tan ligero es porque no tiene la conciencia tranquila".

La mayor parte de las veces el cambio de la respiración de alguien que duerme y empieza a despertarse es suficiente para que yo me despierte del todo.

Pero esa madrugada me sentía como si estuviera en el fondo de un pozo que alguien hubiera llenado con toneladas de pastoso pastel de chocolate. Alguien decía mi nombre allá arriba, en el brocal del pozo. Era una voz de mujer y repetía:

—¡Bud, Bud, Bud!

Las olas de chocolate iban y venían, iban y venían sobre mí, iban y venían.

—¡Bud, despierta, Bud!

Era una voz de mujer; sus manos me sacudían para despertarme.

Oh-oh. Mi regla número 29 dice:

REGLAS Y COSAS NÚMERO 29
**Si cuando te despiertas no sabes bien dónde estás
y te rodea un montón de gente, es mejor
fingir que duermes hasta que sepas lo
que pasa y lo que tienes que hacer.**

Mantuve los ojos cerrados, fingiendo que estaba frito. La mujer dijo entonces:

—Papá, ¿qué demonios son estas ronchas y estos mordiscos en la cara de este niño?

Un hombre respondió:

—Pues mira, iba andando de Grand Rapids a Flint y parece como si hubiera servido de comida, aunque más bien escasa, eso sí, a todos los mosquitos del camino.

La mujer dijo:

—Este pobre niño debe estar hecho polvo. Odio tener que despertarlo. Me gustaría que pudiera quedarse con nosotros un tiempo, al menos hasta que haya dormido todo lo que necesita.

Entonces yo recordé quien era, porque Lewis el Zurdo dijo:

—Ya lo sé, pero tengo que volver. Puede dormir en el carro durante el camino de vuelta a Grand Rapids.

La mujer retiró la manta que habían puesto sobre mis piernas y dijo:

—Papá, mira qué piernas, el chico está flaco como un palo.

Me habían quitado los pantalones cuando me metieron en la cama. Ahora iba a tener que fingir que seguía durmiendo, al menos hasta que pudiera pensar en una forma de sentirme menos avergonzado.

Lewis el Zurdo dijo:

—Sí, está hecho una piltrafa. Menos mal que sus piernas no se rozan cuando caminan, porque si esos dos palitos se frotaran iban a saltar chispas.

La mujer contestó:

—Eso no tiene gracia. Está claro que no lo han alimentado debidamente. Dime, ¿quién dijiste que era su padre? ¿Dijiste que lo conocías?

—Todo el mundo en Grand Rapids lo conoce; me sorprende que no lo recuerdes. Es famoso.

¡Ves! Ya te dije que venía muy bien a veces hacerse el dormido. Ahora iba a enterarme de unas cuantas cosas sobre mi padre.

La mujer dijo:

—¿Qué clase de hombre deja que un hijo suyo esté tan delgado? Y mira sus ropas, o son de una talla demasiado pequeña o están hechas harapos. ¿Dónde se ha metido la madre de este niño? No veo el toque femenino por ninguna parte.

Lewis el Zurdo contestó:

—Me da la impresión de que la señora Calloway que yo conocí falleció hace mucho tiempo. El chico dice que tiene diez años y estoy seguro de que falleció bastante antes de eso. Pero ya sabes cómo son los músicos: puede haber unas cuantas señoras Calloway que yo no haya conocido.

Eso quería decir que mi papá se había casado con alguien antes de casarse con mi mamá.

La hija de Lewis el Zurdo dijo:

—Pues a mí me parece una lástima. Estoy medio decidida a quedarme con este chico durante un tiempo para meterle algo de miedo al padre. Pero lo más probable es que ni lo eche de menos.

—Oye, deja de hacer tantos juicios. Herman tiene reputación de no andarse con tonterías —dijo Lewis.

—¿Tiene hermanos este niño?

—Creo que una hermana; lo más probable es que sea una hermanastra y debe de ser bastante mayor que él.

La mujer volvió a taparme con la manta y me sacudió de nuevo. Me alegró dejar de fingir que estaba dormido, porque me sentía harto de oír lo flacucho que estaba y lo complicada que era la familia de la que venía. La mujer dijo muy bajito:

—Bud, despierta. Vamos, cariño, que tengo un rico desayuno esperándote.

¡Comida! Empecé a parpadear y hacer lo que hace alguien que oye las primeras palabras por la mañana, y dije "¡uh!" como si no supiera dónde estaba.

La mujer sonrió y dijo:

—Ajá, veo que he logrado tu atención, ¿no? Buenos días, jovencito.

—Buenos días, señora. Buenas, señor Lewis.

—Vaya, recuerdas mi nombre. Estoy impresionado. Buenos días, Pulgarcito. Tenemos que ponernos en camino, así que date prisa y mete algo de comida en el cuerpo.

Y haciendo como si susurrara añadió:

—La comida de este sitio no es la mejor del mundo, pero te garantizo que después de comerla no tendrás hambre durante días. La comida de aquí cae en el estómago como si fuera una piedra.

La mujer dijo:

—No le hagas caso, Bud. Mi padre no habla en serio; es que no puede dejar de bromear.

Yo respondí:

—Ya lo sé, señora. Me dijo que yo tenía cabeza de cacahuete.

La mujer le dio un manotazo a su padre en el brazo:

—¡Papá! No puedo creer que ya te hayas burlado de este niño. ¿Pero qué pensabas?

Lewis el Zurdo me pasó la mano por la cabeza y dijo:

—Mira esta piltrafa. El chico parece el experimento de una granja agrícola que ha echado piernas y ha salido corriendo. ¿Estás seguro de que no eres de Tuskegee, Alabama, Bud?

—No, señor —contesté.

La mujer se mordió el labio inferior y reprimió una sonrisa como pudo mientras decía:

—Ya lo ves, Bud, no puede evitarlo. Pero en realidad no lo piensa, ¿verdad, papá?

Tenías que ser muy tonto para no saber cómo contestar a esa pregunta teniendo en cuenta cómo la hacía.

—En absoluto. Es solo que tú... —dijo Lewis.

Su hija lo interrumpió diciendo:

—Mi nombre es señora Sleet, Bud.

—Encantado de conocerla, señora.

—Bien, mientras te lavas voy a buscar ropa que se le ha quedado pequeña a mi hijo y que está poco usada. Cuando te vistas, bajas y desayunaremos. Has elegido un gran día para venir de visita. Hoy tenemos un desayuno muy especial. Panqueques, salchichas, tostadas y un vaso muy grande de jugo de naranja. También conocerás a Scott y a Kim. ¿Qué te parece?

—Me parece estupendo, señora, muchas gracias.

—De nada, jovencito, es un placer tener de invitado a un joven con tan buenos modales.

La señora Sleet y Lewis el Zurdo salieron del cuarto. Tan pronto como se alejaron unos cuantos pies pude oír que ella se ponía a regañar de nuevo a su padre.

—¡No puedo creerlo! Mira, mamá tenía toda la razón cuando decía que...

Todo lo que pude oír fue que él murmuraba algo, y luego el sonido de otra palmotada en el brazo.

Cuando salí del excusado vi que la señora Sleet me había dejado ropa limpia sobre la cama. Mi ropa vieja había desaparecido, excepto mis calzoncillos, que no me había quitado. Me habían dejado un par limpio, así que cuando me los puse metí los sucios en el bolsillo de los pantalones. Ya los tiraría cuando llegáramos a Grand Rapids. Es demasiado vergonzoso que unos extraños vean tus calzoncillos sucios, incluso si la persona es tan agradable como la señora Sleet.

La nueva ropa me quedaba un poquito grande, pero como eran pantalones largos, no me importó. Me enrollé los bajos de los pantalones y de las mangas y vi que me quedaban fantásticamente.

¡Qué bien, mis primeros pantalones largos!

Dejé que la nariz me guiara hacia donde venía el olor de los panqueques y de las tostadas. Los Sleet tenían una habitación para comer con una gran mesa en el centro. Lo primero que vi fue una gran pila de panqueques que esperaban sobre una bandeja azul y blanca en el centro de la mesa. Lewis el Zurdo se sentaba con los hijos de la señora Sleet. La niña sonreía, pero el chico me miraba con dureza. No es que fuera una de esas miradas amenazadoras, era sencillamente la mirada que un perro le echa a otro perro que pasa por su vecindad.

Lewis el Zurdo dijo:

—Bud, estos dos enanos son mis nietos favoritos. Kim es mi nieta favorita y Scott es mi nieto favorito. Naturalmente son mis únicos nietos, así que si quieres ser justo tienes que decir también que son mis nietos menos favoritos.

Estaba claro que los niños conocían de sobra las bromas de su abuelo, porque no le prestaron la menor atención.

Yo dije:

—Hola, me llamo Bud, no Buddy.

La niñita dijo:

—BudnoBuddy es un nombre muy raro —y aunque era muy pequeña para burlarse de la gente, me di cuenta de que era precisamente lo que estaba haciendo.

Lewis el Zurdo se rió y dijo:

—¡Esta es mi chica! —y se fue hacia la cocina.

Scott miró de un lado a otro para cerciorarse de que no había adultos a la vista y preguntó:

—¿De verdad te has ido de casa?

Tuve que pararme a pensar. Una cosa es mentir a un adulto, que la mayor parte de las veces lo único que quiere es oír algo que le permita dejar de prestarte atención para dedicársela a cualquier otra cosa: eso hace que mentirle sea fácil y no muy malo. Lo único que haces es darle lo que necesita.

Es diferente mentirle a otro chico. La mayoría de las veces los chicos sí quieren saber lo que te preguntan. Supongo que lo pensé durante demasiado tiempo porque añadió:

—¿Fuiste andando desde Grand Rapids hasta Owosso? ¿Fue porque tu padre te pegaba?

Yo juré, diciendo la pura verdad:

—Mi papá nunca me ha puesto la mano encima.

—¿Entonces por qué te largaste?

—No me gustaba estar donde estaba.

Eso no era mentira.

—Bien, pues si mientes sobre que tu padre no te pega, lo mejor que puedes hacer es desaparecer después del desayuno, porque mi abuelo te llevará directamente de vuelta a tu casa.

—Mi papá nunca me ha puesto la mano encima.

—Scott, hablas demasiado, deja que se siente —dijo Kim. Y añadió dirigiéndose a mí—: Mamá va a traer las salchichas en un momento. ¿Te gustan las salchichas?

Oh-oh. Nunca había comido salchichas antes, pero si el olor que llenaba la casa venía de ellas iban a encantarme. Kim dijo:

—Bien, porque mi abuelo las trajo desde Grand Rapids. Siempre nos trae una comida estupenda, y vamos a compartirla contigo, porque mamá dice que eres nuestro invitado especial y que te tenemos que tratar bien. ¿Estoy tratándote bien?

—Hasta ahora.

—Bueno. Haremos un trato.

Oh-oh.

—¿Qué clase de trato? —le pregunté.

—Cantaré una canción que me he inventado yo sola y cuando termine te voy a preguntar una cosa y tú tienes que contestar nada más que la verdad.

No parecía muy malo.

—Dale.

—Aquí va. He tardado mucho en hacer esta canción y espero que te guste.

El chico dijo:

—Ay, Dios mío.

Kim cantó:

> Mami dice no
> mami dice no
> yo escucho, tú no,
> uau ja, ja, ja
> uau ja, ja, ja,
> la casa se cae,
> la casa se cae
> a ti te aplasta, a mí no,
> uau ja, ja, ja
> uau ja, ja, ja.

¡Era la peor canción que jamás había oído en mi vida! Kim se levantó y se inclinó como una princesa. Yo aplaudí así como bajito por debajo de la mesa.

—Muchas gracias —dijo ella.

Scott se limitó a menear la cabeza. Kim dijo:

—Bueno, esa era mi parte del trato, ahora tú tienes que cumplir la tuya y contestar la pregunta que voy hacerte.

—De acuerdo.

—Vas a contarme cómo murió tu madre.

Scott le pegó una patada por debajo de la mesa. Yo dije:

—¿Quién te ha dicho que mi mamá murió?

La niñita dijo "ups" y se metió algo en la boca.

—Mi mamá se puso enferma y se murió muy rápido. Ni sintió dolor ni sufrió —concluí.

Kim dijo:

—Espero que mi madre nunca se muera.

—Tonta, todo el mundo tiene que morirse —dijo Scott.

—Le voy a decir a mamá que me has llamado tonta —contestó Kim.

—Si se lo dices yo le cuento que te has metido uno de esos panqueques en el bolsillo de tu vestido —dijo él.

Kim se calló inmediatamente.

—Tu hermano tiene razón, todo el mundo tiene que morirse. No es tan triste a menos que te mueras muy despacio y sufras. Mi mamá se murió muy rápido y sin dolor; ni siquiera tuvo tiempo de cerrar los ojos. No pudo poner cara de que le dolía —expliqué yo.

Los dos nietos de Lewis el Zurdo se quedaron muy sorprendidos ante lo que les contaba.

La señora Sleet entró en la habitación con otra bandeja azul cubierta con pequeños trozos redondos de carne. Esas tenían que ser las salchichas.

Vio el modo en el que los chicos me miraban con las bocas medio abiertas y dijo:

—Chicos, ¿no han estado molestando a Bud, no?

—No, mamá, yo no, pero Kim se acerca bastante —contestó Scott.

Kim respondió:

—Yo tampoco, solo estaba dándole conversación.

La señora Sleet se rió y puso la bandeja en la mesa justo enfrente de mí.

Lewis el Zurdo se acercó con una gran jarra llena de jugo de naranja y se sentó a mi lado.

La señora Sleet se sentó también y dijo:

—Scott y Kim, ¿quieren decir la oración, por favor?

Todo el mundo bajó la cabeza y los dos niños canturrearon:

> *Dios es grande,*
> *Dios es bueno,*
> *démosle las gracias*
> *por lo que comemos.*
> *Amén.*

Entonces empezaron a pasar las grandes bandejas azules, pinchando tostadas, panqueques y salchichas con los tenedores. Me fijé en lo que se servían los demás para servirme lo mismo. Entonces me puse a observar cuánta comida ponían los niños en el tenedor para hacer lo mismo y no parecer un cerdo.

Lewis el Zurdo se dio cuenta de que me tomaba mucho tiempo para comer y le dijo a su hija:

—Mira lo que te he dicho: el pobre BudnoBuddy está tan delgaducho y su estómago se ha encogido tanto que solo con oler la comida ya se ha llenado. Oh, bueno, supongo que eso significa más comida para el resto de nosotros.

Todos, salvo la señora Sleet y yo, soltaron una gran carcajada.

Comer con los Sleet y Lewis el Zurdo era realmente difícil, no porque no tuvieran buenos modales en la mesa, sino porque estuvieron hablando durante todo el desayuno y pretendían que yo hiciera lo mismo.

En el Hogar, después de la oración no se nos permitía decir ni mu. Comer y callar es una costumbre muy difícil de romper. Cada vez que uno de los Sleet me hablaba y me miraba esperando una respuesta, yo miraba a mi alrededor para asegurarme de que no había nadie vigilando. En el Hogar, si te cogían hablando durante la comida tenías que levantarte y dejar de comer. Si estos Sleet tuvieran que vivir sometidos a tal regla se morirían de hambre.

Hablaban después de cada bocado, hablaban con cada sorbo que tomaban, hablaban mientras se limpiaban los labios. La niña, Kim, hablaba mientras se bebía la leche, y la mayor parte del tiempo sus palabras se perdían entre el gorgoteo de lo que tragaba y lo que se reía. Dios, que si se reían.

Era difícil decir de qué chiste o de qué historia se reían, ya que hablaban sin parar.

Lewis el Zurdo estaba charlando acerca de programas de radio, Scott de un partido de béisbol en el que Lewis el Zurdo era pitcher, Kim de una niña que no le gustaba y la señora Sleet de unos gorras rojas a los que llamaba "maleteros".

Kim le dijo a su madre:

—Mami, ¿no te das cuenta de que BudnoBuddy no sabe lo que son los gorras rojas? Tienes que explicarte mejor.

La señora Sleet contestó:

—Oh, lo siento, Bud, los gorras rojas son los hombres que trabajan en la estación de ferrocarril cargando trenes y llevando los equipajes de la gente a sus vagones. Esto es lo que hace el señor Lewis. Mi marido es un mozo de la compañía Pullman. Se ocupa de la gente una vez que suben a los trenes.

Kim dijo:

—¡Sí, nuestro papá viaja en tren gratis por todo el país!

Scott respondió:

—Es que es su trabajo, y no es gratis, le pagan por hacerlo.

Lewis el Zurdo tragó un trozo de salchicha y dijo:

—¿Y sabes qué, Bud? Apuesto a que lo que echa de menos son los guisos de Nina. Me faltan palabras para explicarte lo orgulloso que estoy de los avances culinarios de mi hija. Esto, que parece difícil de creer, es cierto: imagínate que hace tiempo era tan mala cocinera que se supo que su pollo frito había vuelto vegetariano a un halcón peregrino.

Scott y Kim y la señora Sleet soltaron una carcajada.

—Sí —agregó Lewis el Zurdo—, traje un amigo a Flint hace un par de años, e incluso aunque le había advertido, intentó ser cortés y se comió cuatro de sus panqueques. El pobre tipo se estuvo agarrando el estómago durante todo el camino de regreso a Grand Rapids. Me dijo: "Zurdo, no quiero faltarte al respeto, pero lo que tu hija me ha servido no eran panqueques: eran rocaqueques".

La señora Sleet se rió junto a todos los demás y comentó:

—Bueno, bueno, no estoy segura de querer oír mucho más de esto —y recogiendo la bandeja vacía de las salchichas se fue hacia la cocina.

Tan pronto como salió de la habitación, Kim susurró:

—¡Rápido, abuelo, dile a BudnoBuddy cuántas veces tuviste que parar el carro cuando los dos volvían a Grand Rapids para que el tipo pudiera salir y vomitar en la cuneta!

Antes de que Lewis el Zurdo tuviera oportunidad de contestar, la señora Sleet salió de la cocina con una gran cuchara de madera y le atizó a su padre un golpe en la cabeza.

Capítulo XII

Después del desayuno el señor Lewis y yo dijimos adiós a los Slect y volvimos al carro. Me incliné sobre el asiento delantero para poner mi maleta en la parte de atrás.

—¡Señor Lewis, alguien robó la sangre la noche pasada!

—Te voy a decir una cosa, Bud, cuando te duermes te duermes. ¿No recuerdas nada de la noche pasada desde que llegamos a Flint?

—Pues no, señor —contesté.

—Después de que te durmieras tan profundamente descargamos la sangre en el hospital Hurley, llené el depósito de gasolina y me puse en contacto con tu papá.

Oh-oh.

—¿Y qué dijo él, señor?

—No lo llamé, le envié un telegrama a *La Cabaña de Troncos*. Todavía es el propietario de ese club, ¿no?

—Sí, señor.

—Bien.

Lewis el Zurdo se inclinó hacia su derecha y rebuscó en la guantera del carro, de donde sacó un trozo de fino papel amarillo y me lo tendió.

En la parte superior del papel ponía, con grandes letras, WESTERN UNION. Debajo decía:

**HEC PUNTO
BUD OK EN FLINT PUNTO
EN 4309 NORTH ST. PUNTO
VUELTA 8 P.M. MIÉRC. PUNTO
ZURDO PUNTO**

¡Vaya! Apuesto a que Herman E. Calloway estaba tan confundido por este mensaje como yo.

—¿Qué significa, señor? —pregunté.

Lewis el Zurdo contestó:

—Cuando mandas un telegrama cuantas más letras pongas más pagas, así que intentas que tus mensajes sean lo más cortos posibles.

Le devolví el papel.

—HEC son las iniciales de tu papá, "Herman E. Calloway". "Bud OK en Flint" le indica dónde estás y que estás bien. Realmente has llegado lejos. Quizá no se ponga demasiado duro contigo cuando sepa lo hábil que has sido al fugarte. Sé que yo estaría pero que muy orgulloso de mis niños si hubieran llegado tan lejos; solía ofrecerles dinero para que se largaran, pero nunca lo aceptaron. "4309 North St." es la dirección de mi hija. Y "vuelta 8 p.m. miérc." significa que te llevaré a casa hoy miércoles, hacia las ocho de la noche.

—¿Qué son todos esos "puntos", señor? —pregunté.

—Significa simplemente el final de la frase.

Lewis el Zurdo pasó la mayor parte del día haciendo gestiones en Flint. Me hizo prometer que me quedaría en el carro esperándolo. Me sentí bien y feliz cuando por fin dijo:

—Hemos terminado, Bud, ya es hora de ir a casa.

Cuando dejamos atrás la señal de BIENVENIDO A FLINT a un lado de la carretera, Zurdo lo miró y dijo: "oh-oh". De pronto una sirena empezó a sonar como si estuviera en el asiento de atrás de nuestro carro. Giré la cabeza y miré por la ventanilla trasera: ¡oh-oh, vaya que sí! Teníamos un carro de la policía de Flint justo detrás de nosotros con la luz roja del techo girando alocadamente una y otra vez, una y otra vez, y con la sirena sonando al máximo. ¡Me habían encontrado!

El tal FBI era tan bueno como en las películas. ¡Igualitos que la Policía Montada del Canadá, que siempre pescaba a los delincuentes! Me acurruqué en el asiento todo lo que pude.

Lewis el Zurdo disminuyó la velocidad y fue acercando el carro a la cuneta mientras me decía muy, muy tranquilo y muy, muy despacio:

—Bud, es muy importante que escuches con mucha atención y que hagas exactamente lo que yo te diga —mientras decía esto mantenía los ojos fijos en el espejo retrovisor.

Por la forma en la que actuaba empecé a pensar que quizá Lewis el Zurdo también huía. Y... ¡espera un minuto! ¿Cómo es que este tipo no tenía un verdadero nombre? ¿Quién conoce a alguien cuya mamá le llame Zurdo? ¡Era un alias!

Zurdo suena muy bien para un delincuente. Alguien como Ametralladora Kelly podría señalar a algún pobre infeliz y decir sin dificultad:

"¡Ese es el tipo que me delató, Zurdo! ¡Llénalo de plomo!"

Y lo que me había dicho sobre escuchar con atención y hacer exactamente lo que él decía era la número 8 de las "Reglas y Cosas para tener una vida más divertida y ser un mentiroso cada vez mejor" de Bud Caldwell.

REGLAS Y COSAS NÚMERO 8
**Siempre que un adulto te diga que prestes atención
y te hable con una voz muy tranquila,
no escuches y corre tan rápido como puedas,
porque algo espantoso de verdad
está a la vuelta de la esquina. Especialmente
si la policía va detrás de ti.**

Miré a Lewis el Zurdo mientras mantenía los dedos cruzados, sintiéndome totalmente seguro de que lo próximo que iba a decir sería: "¡Nunca nos agarrarán vivos!"

En lugar de eso, dijo:

—Bud, ¿me estás escuchando, Bud?

Yo tenía que seguirle la corriente hasta que surgiera la oportunidad, así que respondí:

—Sí, señor.

—Así me gusta. Primero cierra la boca. Muy bien. Ahora quiero que pongas la caja que está junto a mí debajo de tu asiento.

Agarré la caja, que era del tamaño de un libro grande más o menos, y la metí debajo de mi asiento. Lewis el Zurdo dijo:

—Buen chico. Ahora quédate quieto y no digas nada.

Me hizo un guiño y continuó:

—No te preocupes, que no pasa nada.

Abrió la puerta y se dirigió andando hasta el carropatrulla.

Yo intentaba decidir qué hacer. Si salía corriendo estaba seguro de que los policías me agarrarían, pero quizá Lewis el Zurdo les arrebataría la pistola antes de que consiguieran liquidarme de un disparo.

Bien, me dije a mí mismo, voy a contar hasta diez y entonces me voy a inclinar hasta el asiento de atrás, voy a agarrar rápidamente mi maleta y voy a salir zumbando hacia esos edificios.

Uno dos tres cuatro cinco seis siete ocho nueve y diez.

Voy a contar de nuevo: uno dos tres cuatro cinco seis siete ocho nueve y diez.

De acuerdo, estupendo, esta vez seguro, pero ¡seguro, eh!, voy a agarrar esa maldita... En ese momento vi que el policía y Lewis el Zurdo estaban de pie junto a la puerta. El policía dijo:

—Quiero que me abra el maletero.

El señor Lewis y el policía fueron hasta el maletero del carro y lo abrieron. Yo oí el ruido que hacia el policía hurgando en él. De repente oí un ruido muy fuerte y casi me caí del asiento.

¡Fiú! Era solamente el señor Lewis cerrando el maletero. Volvieron andando hasta la puerta del conductor. El policía miró al asiento de atrás y dijo:

—¿Qué hay en la maleta?

El señor Lewis respondió:

—Esas son las cosas de Bud. Ha venido de visita a Flint y lo llevo a su casa a Grand Rapids.

El policía me miró y dijo:

—Oh, su nieto, ¿no? Se parecen ustedes mucho.

Lewis el Zurdo contestó:

—Vaya, gracias, oficial, siempre pensé que el chico era verdaderamente guapo.

El policía no tenía ningún sentido del humor, así que se limitó a decir:

—De acuerdo, pueden marcharse. Nunca se es demasiado cuidadoso. No sé si ha oído usted algo, pero estamos teniendo un montón de problemas en las fábricas de por aquí. Paramos todos los coches que no conocemos. Ha habido informes de que algunos sindicalistas apestosos están intentando introducirse en la comarca desde Detroit.

El señor Lewis contestó:

—¡No me diga!

—Conduzcan con cuidado —dijo el policía y se tocó el ala de la gorra como los vaqueros en las películas.

Lewis el Zurdo se metió en el carro, lo arrancó y nos pusimos otra vez en camino.

Puso cara de tener mucho miedo y me dijo:

—Bud, de verdad que han sido dos días de suerte para ti. Primero te salvo de que te coman los vampiros de Owosso, luego pareces haber sobrevivido a los panqueques de mi hija y por último ese agente te protege de los terribles y espantosos sindicalistas de Detroit. Realmente, el Señor cuida de ti.

Lewis el Zurdo volvía a actuar como siempre, pero yo me preguntaba qué había en la caja que no quería que viera el policía.

—¿Qué es un sindicalista, señor? —pregunté. Lewis el Zurdo contestó:

—En Flint hay gente que intenta organizar sindicatos en las fábricas de automóviles.

Antes de que tuviera la oportunidad de plantear mi siguiente pregunta, Lewis el Zurdo añadió:

—Voy a ahorrarte saliva, Bud. Supongo que lo próximo que va a salir de tu boca va a ser "¿qué es un sindicato?", ¿no?

Sí, señor.

—Un sindicato es como una familia. Es cuando un grupo de trabajadores se unen e intentan que las cosas sean mejores para ellos y para sus hijos.

—¿Eso es todo, señor?

—Eso es todo.

—¿Entonces por qué los persiguen los policías?

—Esa es una buena pregunta. Abre la caja que metiste debajo del asiento.

Saqué la caja de debajo del asiento, la puse en mi regazo y miré hacia Lewis el Zurdo. Me devolvió lu mirada, comprobó el espejo retrovisor y dijo:

—Adelante.

Me detuve durante un momento. Quizá había una pistola cargada y amartillada escondida en la caja, quizá Lewis el Zurdo habría disparado con ella al policía si hubiera intentado detenernos.

Empecé a levantar la tapa de la caja y justo cuando estaba a punto de abrirla del todo, Lewis el Zurdo se movió a una velocidad mucho mayor de la que podrías suponer en una persona de su edad, le dio una palmada y la cerró de nuevo.

Oh-oh. Quizá se trataba del botín de un robo de un banco que Al Capone y él habían atracado. Quizá Lewis el Zurdo tendría que darme matarile si yo veía lo que había dentro de la caja porque iba a saber demasiado.

—Antes de que mires, Bud, tienes que entender que lo que hay ahí dentro es muy peligroso —dijo.

Yo respondí:

—Bien, señor, creo que no es necesario que lo vea, señor. Yo creo que lo mejor es que mire por la ventanilla hasta que lleguemos a Grand Rapids, o quizá... —fingí un gran bostezo—. Quizá duerma un ratito.

Él se rió y dijo:

—Ah, chico, eres mucho más listo de lo que pareces, Bud. Sabes que habríamos estado entre rejas unos cuantos años si el policía hubiera visto lo que hay ahí dentro —y dio unas palmaditas sobre la tapa de la caja.

Todo lo que pude responder fue:

—Sí, señor.

Él prosiguió:

—¡Adelante, Bud, ábrela! Tienes que prometerme... no, tienes que jurarme que no dirás ni una palabra de lo que veas a nadie.

—Señor Lewis, señor, me gustaría dormir un poco, de verdad.

—Sí, de acuerdo, pero primero abre la caja.

138

Tomé una gran bocanada de aire y empecé a levantar de nuevo la tapa.

Lewis el Zurdo gritó entonces:

—¡¡¡Bud!!!

Di un salto tan grande que casi me golpeé la cabeza con el techo del carro.

—¡¿Sí, señor?! —grité yo.

—No te he oído jurar que mantendrás la boca cerrada.

—Ay, señor Lewis, lo juro, pero me sentiría mucho mejor si pudiera dormir un ratito.

Levanté poco a poco la tapa de la caja y me preparé para recibir el susto de mi vida.

Eran solamente papeles con algo escrito.

Quizá la pistola o el botín estaban debajo de los papeles. Los levanté todos hasta que llegué al fondo de la caja. ¡Nada! Miré a Lewis el Zurdo, que me dijo:

—Ya te lo advertí: ¿muy peligroso, no?

Debía de haberme saltado algo. Examiné la caja de nuevo.

—Pero... ¿por qué son peligrosos los papeles, señor?

—Léelos.

Saqué uno de los papeles y lo leí. Decía:

¡ATENCIÓN, TRABAJADORES DEL FERROCARRIL!

LA SUCURSAL RECIÉN FORMADA DE LA HERMANDAD
DE MOZOS PULLMAN CELEBRARÁ UNA REUNIÓN INFORMATIVA
EL MIÉRCOLES 23 DE JULIO DE 1936. TODOS LOS INTERESADOS

TENGAN LA BONDAD DE VENIR AL 2345 COLDBROOK, A LAS 9:00. SE SERVIRÁN REFRESCOS. SABEN CONTRA LO QUE LUCHAMOS. MANTENGAN ESTO TAN SECRETO COMO LES SEA POSIBLE.

La cosa empezaba a tener sentido.

—Señor Lewis, ¿es usted uno de esos sindicalistas? —pregunté.

Él se rió y contestó:

—En realidad no, Bud. He recogido estas hojas para que podamos entregarlas en Grand Rapids. Hemos estado negociando para hacer un sindicato de mozos Pullman en Grand Rapids y nadie de allí quiere imprimírnoslas. El único sitio donde se puede hacer es en Flint. Te has fugado de una ciudad muy caliente, jovencito.

—¡Uau!

—El problema en la fábrica del que hablaba el policía se llama una sentada. En lugar de dar vueltas delante de la fábrica con carteles, la gente se sienta en su puesto de trabajo. De ese modo los jefes no pueden llevar a otros trabajadores que les quiten sus empleos. Van a quedarse sentados allí hasta que la compañía les permita formar un sindicato, de modo que la compañía está tratando de sacarles de sus sitios de todos los modos posibles. Esa es la razón por la que te dije que estos folletos son tan peligrosos: quienes dirigen las fábricas y los ferrocarriles parecen estar muy atemorizados. Para ellos, si un trabajador tiene dignidad y orgullo no puede trabajar como es debido.

¡Chico, estos automóviles eran estupendos para dejarte frito! Entre el carro que avanzaba tan despacio y las aburridas historias de Lewis el Zurdo sobre el ferrocarril, el sindicato y el béisbol me quedé fundido en cinco minutos.

Cuando me desperté, me estiré y miré por la ventanilla. Lewis el Zurdo dijo:

—Iba a llevarte al hospital Butterworth, creí que habías abandonado este mundo.

Señaló por la ventanilla y añadió:

—¿Te resulta familiar?

Oh-oh.

—Sí, señor —respondí.

Señalé a la gasolinera y dije:

—Sí, ahí está la gasolinera.

—Supongo que tu padre tendrá que echarle gasolina de la mejor a ese gran Packard. Supongo que esos grandes motores no funcionan con la normal —contestó él.

Yo dije:

—No, señor, tiene razón.

Él respondió:

—Vaya, tu papá y tú tienen una hermosa máquina.

Yo empezaba a ponerme verdaderamente nervioso, pero contesté:

—Gracias, señor.

Doblamos otra esquina y el corazón empezó a saltarme en el estómago. Como a mitad de la calle había un edificio cuya fachada parecía haber sido hecha con troncos de árboles gigantescos. *¡La Cabaña de Troncos!*

Oh-oh. Justamente enfrente del lugar había un cartel que decía:

DE VIERNES A DOMINGO
DURANTE TODO JULIO PRESENTAMOS A
HERMAN E. CALLOWAY
Y LOS CABALLEROS NUBIOS DEL NEW DEAL.

¡Mi padre tenía una nueva banda! Lewis el Zurdo aparcó junto a un carro tan largo como un gran barco.

—¡Ah, el Packard! Herman está en casa —dijo.

Tenía que pensar rápido de verdad.

No podía permitir que el señor Lewis y Herman E. Calloway hablaran. Si lo hacían, yo tendría que salir echando humo hacia Flint. Y además, no me sentía bien mintiéndole al señor Lewis. Ojalá no tuviera que hacerlo.

Lewis el Zurdo apagó el motor y sacó la llave del contacto.

Yo dije:

—Señor Lewis, esto me va a dar mucha vergüenza.

—¿De qué se trata, Bud?

—¿Podría hablar con mi padre a solas, señor? Juro que iré directamente a verlo.

—Bien, Bud, no quiero mancillar tu reputación, pero teniendo en cuenta que has recorrido medio estado huyendo de ese hombre creo que es mejor que te entregue personalmente.

—Pero señor Lewis, necesito explicarle las cosas yo solo. Prometo que entraré, que lo buscaré y que no me fugaré otra vez.

Lewis el Zurdo miró por el parabrisas como si estuviera pensando, se dio la vuelta, puso la mano sobre la cuerda que mantenía mi maleta amarrada y dijo:

—Oye, Bud, ¿tú no vas a ninguna parte sin esto, no?

—No, señor —contesté.

—Bien, este es el trato: te daré cinco minutos para que hables a solas con tu papá; si no has vuelto después de ese tiempo, te llevaré la maleta.

No era precisamente estupendo, pero tendría que servir. Además me daba un poco más de tiempo para pensar.

—Prométame por favor que no mirará dentro, señor.

Zurdo levantó la mano:

—Tienes mi palabra.

Salí del carro y me encaminé hacia la parte delantera de *La Cabaña de Troncos*. Las puertas parecían estar hechas con troncos de árboles, igual que el resto del edificio. Miré hacia atrás para ver si Lewis el Zurdo seguía vigilándome y abrí una de las puertas. Sabía que era una de esas puertas de las que mi mamá me hablaba siempre. Entré pensando qué pasaría.

¡Caramba!, había otro juego de puertas por dentro. La puerta delantera se cerró detrás de mí y yo me quedé en la oscuridad. Empujé la otra puerta y la abrí un poco, pero no del todo.

Esperé, y entonces salí de nuevo para recoger mi maleta.

Fui andando hasta la puerta del conductor del carro de Lewis el Zurdo, sonreí y dije:

—Muchas gracias, señor. Mi padre está dentro, y muy contento de que no me haya metido en líos. Ahora anda ocupadísimo y me ha encargado que le dé las gracias en su nombre y que le diga que se pondrá en contacto con usted.

Lewis el Zurdo también sonrió y dijo:

—Bueno, puede que ahora esté feliz, pero si yo sé algo de tu padre estoy seguro de que vas a tener problemas para sentarte antes de que termine el día. Sé muy bien lo que va a decirte, pero yo voy a añadir dos palabritas. Hijo, no hay muchos lugares por los que un chico negro pueda viajar solo, especialmente no a través de Michigan. En este estado hay tipos que comparados con los miembros del Ku Klux Klan podrían parecer John Brown. ¿Sabes quién es John Brown?

—Uh... no, señor.

—Bueno, está bien, no te preocupes, se pudre por ahí, en alguna parte. Pero lo que importa es que esta vez has tenido mucha suerte. Tienes que portarte bien y quedarte con tu padre. Ya sé que tu papá no es el hombre más fácil del mundo, pero créeme, se ha ablandado mucho desde que se quedó solo con tu hermana. La próxima vez que se te meta en la cabeza hacer un viajecito, te acercas a la estación de tren y preguntas por Lewis el Zurdo. No se lo diré a nadie, pero tú y yo hablaremos antes de que te montes por tu cuenta de nuevo. Lewis el Zurdo, ¿crees que puedes recordar ese nombre?

—Lewis el Zurdo —contesté. Bien, por lo menos usaba su alias por todas partes y no solo conmigo y su familia en Flint. Me tendió mi maleta por la ventana y dijo:

—Muy bien, despídeme de tu padre.

—Gracias, señor Lewis.

Me quedé de pie diciendo adiós con la mano hasta que el carro se perdió de vista.

Aspiré una bocanada gigantesca de aire y abrí de nuevo la puerta delantera. Esta vez empujé la segunda puerta y entré en el local.

Estaba oscuro, pero pude ver a seis hombres sentados en círculo en un pequeño escenario en el otro extremo de la sala. Uno de ellos era blanco.

Cinco de los hombres tenían los ojos puestos en el otro tipo. Uno llevaba baquetas en la mano y se inclinaba marcando con ellas, bajito, unos ritmos sobre el suelo de madera del escenario. Tres de ellos bebían refrescos, y uno, el mayor, limpiaba el interior de una trompeta con un trapo. El hombre que tenía que ser mi padre estaba sentado de espaldas a mí y llevaba sombrero.

¡Hablaba igual que yo! ¡Y no me llevó mucho tiempo saber que mentía como yo, o que al menos exageraba mucho, justo como yo hago!

Esas eran todas las pruebas que necesitaba.

Su voz era mucho más ronca y más cansada de lo que yo pensaba que sería; se inclinó hacia delante en su silla y dijo:

—Es cierto, después de ganarme los Guantes de Oro no había nadie que dijera que yo no iba a ser el campeón de los pesos medios en dos años, tres como máximo.

El baterista dejó de tocar y dijo:

—¿Pesos medios? ¿Qué pasa, eso fue hace tanto tiempo que la gravedad no era tan fuerte como lo es ahora o es que una libra pesaba menos entonces?

Los otros se rieron, pero a mi papá no pareció molestarle y respondió:

—Así es, peso medio. Tienes que recordar que entonces yo tenía más pelo y menos libras.

Se quitó el sombrero y se pasó una mano por su brillante calva.

¡Mi papá se rapaba el pelo! ¡Eso era algo que yo siempre había querido hacer!

Continuó:

—Mi manager va y acuerda una pelea contra un boxeador de Chicago, un tipo que se llamaba Jordan "Colmillo Retorcido" MacNevin. Con ese nombre yo pensaba que se trataría de algún joven irlandés con mala dentadura, pero el tipo era uno de nosotros y tan viejo que podía haber sido camarero en la Última Cena. Cuando la pelea empezó yo no iba a mostrar piedad, ¿entienden?

Todos los del escenario asintieron.

—Así que, y para abreviar, salgo y le mando un directo de derecha a su cabezota y...

El tipo de la trompeta dijo:

—Herman, no puedo creer que le pegaras a un viejo.

—¿Qué se suponía que tenía que hacer, Jimmy? No estaba intentando matarlo ni nada. Lo único que quería era tumbarlo rápidamente y sin demasiado alboroto.

Jimmy dijo:

—Uh, uh, uh...

—Y lo siguiente que supe es que mi protector dental y mi oportunidad de ser campeón habían volado del ring y estaba en la cuarta fila de sillas. Jamás me han golpeado tan fuerte en mi vida.

El baterista preguntó:

—¿Perdiste una pelea y lo dejaste?

Entonces Herman E. Calloway pronunció las palabras que me hicieron saber que tenía razón. Sentí como si alguien hubiera encendido una luz dentro de mí y supe que había hecho bien en venir desde Flint hasta Grand Rapids

146

para encontrar a mi papá. La idea que había empezado como una semilla diminuta en una maleta era ahora un frondoso arce.

—Llega un momento, cuando estás haciendo algo, en que de repente te das cuenta de que ha dejado de tener sentido que sigas haciéndolo, y no es que seas un gallina, es solo que Dios ha creído oportuno darte el sentido común necesario para, ya me entienden, para saber hasta dónde puedes llegar.

¡Ése era el mismísimo pensamiento que yo había tenido cuando Toddy me estaba zurrando! ¡Solo dos tipos de la misma sangre pensarían exactamente lo mismo! Aspiré una gran bocanada de aire, agarré bien la maleta y entré andando en el círculo de luz de la escena.

El viejo trompetista, Jimmy, me vio primero y dijo:

—Me pareció que había oído abrirse la puerta: ¿te ha enviado la señorita Thomas, hijo?

Yo seguí andando hasta llegar al escenario. Tenía que ver la cara de mi padre: sabía que nos íbamos a parecer tanto que la verdad le golpearía tan duro como lo había hecho ese tipo, Colmillo Retorcido. Hasta Lewis el Zurdo había dicho que resultaba claro que Herman E. Calloway y yo éramos familia.

Herman se volvió para ver a quién se dirigía Jimmy y mi frondoso arce comenzó a agitarse por el viento.

La cara de mi papá era vieja.

La cara de mi papá era vieja, pero que muy vieja, igualito que la del trompetista.

Quizá demasiado vieja. Pero... ¡había demasiadas pruebas de que era mi padre!

Me sonrió. Tenía los brazos cruzados sobre una gran panza y el pañuelo con el que se enjugaba la cabeza colgaba de su mano derecha.

La primera cosa que mi papá me dijo fue:

—Bien, bien, bien, hombrecito, ¿qué te trae por aquí? ¿La señorita Thomas?

—No conozco a ninguna señorita Thomas, señor.

—¿Pues qué haces aquí?

Se puso la mano sobre los ojos para protegerlos de las luces del escenario y miró hacia la parte oscura del bar. Observé lo arrugada que estaba la mano de mi padre. Entonces preguntó:

—¿Quién te trajo hasta aquí? ¿Está tu familia fuera?

—No, señor. Estoy aquí para reunirme con mi padre.

Jimmy preguntó:

—¿Quién es tú papá? ¿Por qué te dijo que te encontraras con él aquí?

Yo seguí mirando a Herman E. Calloway y contesté:

—No me dijo que me encontrara con él aquí, señor. He venido desde Flint para encontrarme con mi papá por primera vez.

Todos los hombres miraron al baterista, que dejó de golpear y dijo:

—Este niño no tiene nada que ver conmigo. ¿Cuál es el apellido de tu mamá, muchachito?

—Usted no es mi papá —contesté.

Entonces señalé directamente a la barriga de Herman E. Calloway y agregué:

—Es usted y lo sabe muy bien.

Todas las miradas se dirigieron hacia Herman E. Calloway.

Dejó de sonreír y me miró con mucha más atención, como si empezara a darse cuenta de que yo estaba allí.

Sé que si yo hubiera sido un chico normal, en aquel momento hubiera estado hecho un mar de lágrimas, pero no quería que aquellos hombres pensaran que era un bebé, así que estaba muy satisfecho de que mis ojos no derramaran ni una sola gota. Tenía la nariz un poco congestionada y un pequeño gruñido salió de mi boca, pero mantuve mi dedo apuntando hacia Herman E. Calloway. Me aclaré la garganta y repetí:

—Sé que es usted.

Capítulo XIII

El círculo de hombres se quedó en completo silencio. Los más jóvenes parecía como si quisieran reírse pero temieran hacerlo; el tipo llamado Jimmy y el hombre que debía ser mi padre me miraban del modo que miran los adultos cuando se preparan para darte malas noticias o cuando están intentando decidir con qué mano van a darte una buena zurra.

Finalmente, Jimmy chasqueó los dedos y dijo:

—Vamos a ver una cosa: ¿te llamas Bud?

¡Sabía mi nombre! Yo respondí:

—¡Sí, señor!

Jimmy añadió mirando a Herman E. Calloway:

—Herman, ¿no lo ves? Esto tiene algo que ver con ese telegrama tan extravagante que has recibido esta mañana.

Luego volvió a mirarme a mí:

—¿Y tú dices que eres de Flint, Bud?

—¡Sí, señor, es verdad, de ahí es de donde vengo!

Herman E. Calloway dijo:

—¿Pero qué requetedemonios está pasando aquí? En primer lugar, tú no puedes venir acusando a un tipo de ser tu padre y, en segundo, ¿dónde está tu madre?

Lo dijo como si no lo supiera ya. Yo respondí:

—Está muerta, señor. Murió hace cuatro años.

Herman E. Calloway dijo:

—Siento muchísimo oír eso, pero es obvio que tú eres un jovencito perturbado que no tiene la menor idea de dónde está su padre. Así que nos cuentas quién cuida de ti y te mandamos de vuelta donde corresponda.

—Me corresponde estar aquí con usted, señor.

Herman E. Calloway dijo:

—Oye, vamos a ver...

—Un momento, Herman —interrumpió Jimmy. Parecía mucho más agradable que Calloway—. Bud, tienes que entender que el señor Calloway no puede ser tu padre, de ninguna manera. No sé quién te ha metido esa idea en la cabeza, pero sea como sea tienes que volver a casa. Alguien en Flint tiene que estar muerto de preocupación por ti.

Yo dije:

—No, señor, no he dejado a nadie en Flint, por eso he venido hasta aquí.

—Nadie, pero ¿nadie en absoluto? —preguntó él.

—No, señor —respondí.

—¿No tienes hermanos?

—No, señor.

—¿Ni hermanas?

—No, señor.

—¿Ni una tiíta?

—No, señor.

—¿Ni abuela?

—No, señor.

Parecía como si aquel tipo estuviera decidido a repasar toda mi parentela, pero se limitó a silbar y decir:

—¿Así que vives en un orfanato?

Oh-oh. Tenía que ser cuidadoso con lo que contestaba. La respuesta equivocada y estaba claro que estos tipos no demorarían en entregarme a los policías o en regalarme un billete de ida al Hogar. Así que dije:

—Verá, señor, he tenido algunos problemas con unos tipos que suponía que debían cuidarme, aunque después de que escondiera la escopeta y que le echara el agua a Todd conseguí abrirme camino desde el cobertizo y darme a la fuga y entonces pensé que ya era hora de que encontrara a mi padre porque ha sido...

Herman levantó la mano para que me detuviera y dijo:

—Con eso basta, hijo, limítate a contestar a lo que te pregunto. ¿En qué orfanato estabas?

—Bien, señor, solía estar en un Hogar y luego no, y entonces me fui con una gente que eran así como mezquinos y luego intenté encontrar a la señorita Hill pero se había trasladado a Chicago y eso estaba demasiado lejos para ir andando y...

Levantó la mano de nuevo para que me callara.

—Un momento, Bud. Hazme un favor: vete y espera junto a la puerta un par de minutos.

Señaló a un lado del escenario. Me dirigí hacia allí y esperé a ver lo que pasaba. Intenté abrir la puerta un poquito por si tenía que hacer una salida rápida, pero estaba cerrada. Tendría que salir por la misma puerta por la que había entrado.

El hombre llamado Jimmy y el tipo que tenía que ser mi padre se pusieron a hablar en susurros. Después de un rato, Herman E. Calloway levantó los brazos y dijo:

—Oye, pero no te olvides de que es tu juguetito.

—Me parece justo —respondió Jimmy y me hizo señas con la mano para que subiera al escenario—. Bud, me da la impresión de que tienes un poco de hambre, así que voy a decirte lo que vamos a hacer. Hemos terminado el ensayo y estábamos a punto de irnos a El Guisante Verde. Estás invitado a venir con nosotros, pero con una condición.

—¿Cuál, señor?

—Cuando te hayas metido algo en la barriga tienes que ser sincero conmigo: tienes que darnos unas cuantas explicaciones. Te daremos de comer pero tú nos dirás la verdad. ¿Estás de acuerdo?

Me tendió la mano para que se la estrechara, pero yo quería saber en qué me estaba metiendo.

—¿Qué es El Guisante Verde, señor?

—El mejor restaurante de Grand Rapids. ¿Trato?

No tengo ni idea cómo los adultos saben siempre que tengo hambre, pero desde luego que no iba a despreciar mi primera comida en un verdadero restaurante. Estreché su mano, y me aseguré de darle un buen apretón, tal como mi mamá me había enseñado. Le dije:

—Sí, señor. Gracias, señor.

Él sonrió y dijo:

—No hay problema.

Herman E. Calloway dijo entonces:

—Bien, James, como he dicho, si va a dar alguna explicación será a ti. No me apetece en absoluto escuchar las tonterías de este pícaro mientras estoy comiendo.

Se metió una pipa entre los dientes y salió de la escena.

Si mi padre era tan viejo, empezaba a desear que lo hubieran sido Lewis el Zurdo o este Jimmy. Herman E. Calloway parecía un hueso bien duro de roer.

El trompetista dijo:

—Jovencito, me llamo Jimmy Wesley y puedes llamarme señor Jimmy.

—Sí, señor.

Señaló a los hombres más jóvenes y agregó:

—El baterista es Doug "Bandido" Tennant; y el saxo es Harrison "La Calma" Eddie Patrick.

El saxofonista precisó:

—Oye, viejo, no es La Calma Eddie, es Eddie La Calma.

El señor Jimmy dijo entonces:

—Uh, uh, al trombón tenemos a Chuck "Du-Dú Bug" Cross y el miembro más pálido de la banda, al piano, es Roy "Fechoría" Breed.

Sacudió de nuevo la cabeza antes de añadir:

—Dios sabe por qué estos jóvenes músicos no pueden dejar tal cual los nombres perfectamente adecuados que sus madres les pusieron. Por algún motivo les resulta imposible. Sea como sea, muchachos, este de aquí es Bud... ¿Cuál es tu apellido, Bud?

—Caldwell, señor.

—Pues aquí está Bud Caldwell. Lo vamos a invitar a cenar en El Guisante Verde. Así que díganle hola y hagan que se sienta cómodo.

El Bandido saludó:

—¿Cómo te va, Bud?

Fechoría preguntó:

—¿Todo bien, chico?

Du-Dú Bug dijo:

—Bienvenido, pequeñajo.

Eddie La Calma dijo:

—Me alegro de conocerte, hombre.

—Encantado de conocerlos —contesté yo.

El señor Jimmy les dijo entonces:

—Muy bien, él va con ustedes cuatro; Herman y yo nos reuniremos con ustedes.

El hombre del saxo, Eddie La Calma, dijo:

—De acuerdo, señor Jimmy, terminaremos de cargar.

Y con esto, salió por la puerta delantera.

El hombre del saxo me dijo:

Vamos, chico, si el señor Jimmy te invita a comer lo menos que puedes hacer es ayudarlo a cargar el carro. Coge ese estuche de ahí y métalo en el maletero del Buick que está fuera, en la parte de atrás.

Señaló un largo y esbelto estuche negro que tenía un asa de cuero en la parte de arriba y agregó:

—Y ten cuidado, ahí va mi sustento.

Debió de quedárseme cara de tonto, porque me aclaró:

—Ahí va mi instrumento, mi hacha, mi saxo, la herramienta con la que me gano la vida, así que nada de deditos de mantequilla ni de dejarlo caer.

Yo respondí:

—Oh, no, señor.

El hombre del trombón, Du-Dú Bug, dijo:

—Una cosa de la que vas a tener que librarte, chico, es de todo ese "señor" que sueltas todo el rato. Los dos únicos tipos de por aquí lo suficientemente mayores para que los llames "señor" son el señor Jimmy y —me guiñó un ojo— tu viejo y tanto tiempo perdido papaíto.

La banda en pleno se partía de risa.

El Bandido dijo:

—Te voy a contar un pequeño secreto, Bud. Creo que la única razón por la que el señor C. niega ser tu padre, es por haberte plantado aquí y haber herido sus sentimientos.

—¿Cómo? No le he hecho nada.

—Exactamente, eso es lo que quiero decir. Aquí están los dos reuniéndose por primera vez en su vida y tú no le has dado ninguna muestra de amor.

Echó una mirada a Du-Dú Bug y le dijo:

—Bug, ¿has visto que este chico diera alguna muestra de amor a su padre?

Du-Dú Bug respondió:

—Oye, a mí no me metas en tus tonterías.

El Bandido siguió diciendo:

—Hombre, me parece que le deberías dar mucho más afecto a ese individuo. Sabes, conozco al señor C. mejor que la mayoría de la gente, y sé que debajo de ese exterior frío, mezquino, perverso y desagradable...

Du-Dú Bug dijo:

—No te olvides de tacaño, tacaño tiene que encajar en alguna parte.

El Bandido dijo:

—Sabes que tacaño ocupa uno de los primeros puestos de la lista, pero como iba diciendo, debajo de esa apariencia putrefacta hay un ser humano tierno, amable, cariñoso. Mira, te apuesto lo que sea a que está sentado ahora mismo en el Packard, llorando a moco tendido por cómo lo has tratado. Cuando lleguemos a El Guisante Verde, corre hasta donde esté, grita "¡papá!" y plántale un gran beso húmedo en lo más alto de su brillante calva. Mira, si haces eso te lo ganarás tan rápidamente que tu cabeza dará vueltas.

Puse a este tipo, al Bandido, en mi lista de gente a la que no debía prestar ninguna atención. Herman E. Calloway parecía una persona que preferiría un mordisco de una mula en el trasero a que alguien le diera un beso.

Eddie La Calma dijo entonces:

—Procuremos que el jovencito no sea asesinado antes de que tenga la oportunidad de comer, Bandido. Hijo, espero que tengas el sentido común suficiente para saber que lo que te dice este tipo tiene que entrarte por una oreja y salirte por la otra. Lo que tienes que hacer es mantenerte lejos del señor C. durante un tiempo; no es alguien con quien se pueda jugar. Y por amor de Dios, lo llames como lo llames, no te dirijas a él diciéndole papi o papá o cualquier otra cosa que vaya a darle a nadie idea de que son familia, ¿me oyes?

Estos tipos pensaban de verdad que yo era idiota. Contesté:

—Sí, señor. Pero ¡qué suerte la mía, haber recorrido todo el estado para reunirme con mi padre y encontrarme que es un cotorro viejo y malvado!

Me tapé la boca con la mano: tendría que haberlo pensado dos veces antes que permitir que se me escapara una cosa como esa, pero salió de mi boca antes de que pudiera tragármela.

Esta era la número 63 de las "Reglas y Cosas para tener una vida más divertida y ser un mentiroso cada vez mejor" de Bud Caldwell:

REGLAS Y COSAS NÚMERO 63
Nunca, pero nunca, digas nada malo de alguien a quien no conoces, sobre todo cuando estás rodeado por un grupo de extraños. Nunca se sabe de quién puede ser familia esa persona o quién puede ser un espía bocazas de lengua rápida.

Pues sí, el baterista, el Bandido, empezó a hacer como si escribiera algo en un pedazo de papel imaginario. Levantó la vista y preguntó:

—Veamos, ¿ha dicho viejo y malvado cotorro o cotorro viejo y malvado? Suéltalo, muchachito, si le paso más información como esta al señor C. posiblemente pueda quedarme en la banda más tiempo del que estuvieron los tres últimos bateristas. Como ves, chico, no eres el único que intenta caerle bien al señor C.; este es el mejor puesto de baterista en todo el estado y necesito continuar en él tanto como pueda.

No estaba seguro si este baterista era realmente un soplón o un gran bromista. De cualquier modo tenía que trabajar duramente para acordarme de la "Regla y Cosa número 68". ¿O era la 63?

Eddie La Calma dijo entonces:

—Bandido, lo que tienes que hacer es dejar a este chico en paz: ya tiene bastantes problemas y desde luego no necesita que tú te entrometas en ellos. Tú y yo vamos a cargar ese carro, chico. ¿Cómo dijiste que te llamabas?

—Me llamo Bud, no Buddy se..., solo Bud, no Buddy.

—Muy bien, BudnoBuddy. Tenemos demasiada hambre para seguir oyendo ese rollo.

En ese momento supe que de todos los Rítmicos Devastadores de la Depresión o de los Caballeros Nubios, Eddie La Calma era mi favorito.

Cargamos un montón de estuches negros de formas raras en el maletero del viejo Buick negro y nos subimos al carro. Yo iba en el asiento de atrás sentado entre Fechoría y Eddie La Calma con mi maleta sobre las rodillas. Du-Dú Bug se sentó detrás del volante y Bandido se colocó junto a él. El Bandido dijo:

—Oye, BudnoBuddy, te voy a preguntar directamente algo que a todos nos ronda por la cabeza. ¿Cómo averiguaste que el señor C. era tu papá?

—Lo sé por mi madre.

El Bandido dijo:

—Oh, no intento hacerme el gracioso, y nunca le tomo el pelo a nadie, pero déjame que te pregunte: ¿era tu mamá... eh... cómo podría decirlo? ¿Era tu mamá tan vieja como Matusalén cuando te tuvo?

Eddie La Calma gruñó:

—Oye, deja al chico en paz. No tienes derecho a husmear en su vida.

A mí nunca me había importado hablar de mi mamá, así que le dije al Bandido:

—Sí, señor, era bastante mayor cuando me tuvo.

Bug respondió:

—Lo sabía, sabía que tenía que ser muy vieja o estar muy loca para tener algo que ver con ese tipo. ¿Cuántos años tenía? ¿Ochenta? ¿Era ciega?

Yo contesté:

—No, señor, era vieja, pero sus ojos todavía no se habían estropeado. Tenía veinte años cuando yo nací y veintiséis cuando murió.

Esta información siempre silencia cualquier conversación con adultos. Los Rítmicos Devastadores se quedaron tan callados como ratones en zapatillas. El único sonido que se pudo oír durante unos segundos fue el tintineo de las llaves contra el salpicadero metálico, mientras Du-Dú Bug llevaba el carro hacia la parte frontal de una casita que tenía un cartel donde habían escrito EL GUISANTE VERDE.

El Bandido comentó:

—Las cosas son duras en todas partes, ¿no?

Eddie La Calma dijo:

—Tienes coraje, pequeño, eres un hombrecito muy fuerte, me gusta. La mayoría de los de tu edad estarían llorando a moco tendido si se hubieran metido con ellos tan cruelmente como ese idiota de la batería se estaba metiendo contigo, pero tú ni siquiera estás cerca de las lágrimas, ¿no?

Yo dije:

—No, señor, no sé por qué, pero mis ojos ya no lloran más.

Eddie La Calma respondió:

—Me gusta eso, "mis ojos ya no lloran más". ¿Te importa si lo tomo prestado? Es un título estupendo para una canción.

Yo respondí:

—No, señor, no me importa en absoluto.

Se giró, me pasó la mano por el pelo y dijo:

—Sí, tienes razón, pequeño. No dejes que te moleste lo que dice el Bandido: el señor C. cambia de baterista del mismo modo que la gente se cambia de calzoncillos. Lo que ves en el asiento de delante es un tipo con el tiempo contado.

El Bandido protestó:

—¡Uyy, hombre! Pero... ¿qué te pasa?

Du-Dú Bug apagó el motor del carro y dijo:

—Muy bien, caballeros, basta por hoy. Vamos a llenar la panza.

Capítulo XIV

Cuando entramos en el restaurante me di cuenta de que el local había sido antes la sala de una casa; habían colocado unas mesas y unas cuantas sillas plegables y listo. Todas las mesas menos una estaban ocupadas y había cinco o seis personas a la entrada esperando para sentarse. Dijimos "perdón" y nos abrimos paso. Entonces los olores del lugar llegaron a mi nariz y me di cuenta de por qué había gente esperando para entrar.

Cerré los ojos y aspiré profundamente el aire del local. Era como si alguien hubiera cogido una vieja olla y hubiera echado litros de sidra y litros de café caliente, lo hubiera mezclado con ocho o nueve pasteles de batata, y hubiera añadido seis o siete asados de vaca y además hubiera echado unos cuantos puñados de puré de papas y lo hubiera cocido todo bien. ¡Así debe de ser exactamente como huele el cielo!

A juzgar por el olor, el señor Jimmy había dicho la verdad cuando nos contaba que este era el mejor restaurante en Grand Rapids. ¡Nunca había comido en uno antes, pero yo diría que este era el mejor restaurante del mundo! Tuve que abrir los ojos porque el olor empezaba a marearme.

En el otro lado de la sala, Herman E. Calloway estaba sentado a una mesa con el señor Jimmy y una mujer.

Eddie La Calma señaló la única mesa vacía: era una que tenía encima un cartelito en el que ponía "Reservado NSC". Dijo:

—En esa mesa comemos, ahí mismo, Bud. NSC significa "Nadie Salvo Calloway". El señor C. cambia el nombre de la banda tan a menudo que nadie puede recordar los nuevos, así que nos llaman NSC para no tener que cambiar el cartel.

Antes de que me pudiera sentar con ellos el señor Jimmy nos vio y dijo "¡ahí están!", me señaló y me hizo gestos con la mano de que me acercara a su mesa. Prefería sentarme con la banda que con Herman E. Calloway. Iba a ser complicado disfrutar de la comida si cada vez que levantaba la vista lo iba a tener que ver allí. El Bandido comentó:

—Recuerda lo que te dije —y dándose palmadas en la cabeza hizo como que tiraba besos.

Me encaminé hacia la mesa.

El señor Jimmy dijo:

—Bud, esta es la señorita Thomas, nuestra estilista vocal.

Ella se dio cuenta de que yo no sabía lo que significaba eso y aclaró:

—Soy la cantante, cariño.

—Encantado de conocerla, señora —contesté.

Se rió y me tendió la mano para que se la estrechara. ¡Había por lo menos nueve anillos de diamantes en su mano derecha! Luego añadió:

—Oh, vaya, vaya, un caballero. También yo estoy encantada de conocerte.

Entonces, con esos dedos cargados de sortijas, me acarició la mejilla, bajó hasta la barbilla y agregó:

—Ven aquí, pequeño —y tiró suavemente de mi cara hasta casi tocar la suya.

Oh-oh. Yo arrugué la nariz esperando un beso, pero en lugar de eso me miró muy, muy fijamente y preguntó:

—¿Qué es esto, niño? —y pasó los dedos por encima de un par de marcas de picadura que me había estado rascando.

Por un momento estuve a punto de decirle que eran mordeduras de vampiro, pero algo me dijo que esta vez sería mejor la verdad, así que respondí:

—Son picaduras de avispa, señora. Me picaron cuando la familia Amos me encerró en su cobertizo.

Fue ella entonces quien arrugó la cara:

—¿Cuándo y quién te encerró en qué cobertizo?

—Era la familia a la que el Hogar pagaba por cuidarme. Sus vigilantes cabezas de pescado me mordieron.

Dije esto mientras le enseñaba el mordisco de mi mano. Me sorprendió ver que tenía pus.

—¡Dios mío! —exclamó ella—. Herman, la mano de este niño está infectada. ¿No lo ha notado nadie?

Herman E. Calloway contestó:

—Díselo a James. Por lo que yo sé es el único que ha mirado al niño.

El señor Jimmy dijo:

—Mira, Grace, para serte sincero, en realidad pensé que toda la cara del niño estaba inflamada, pero tú sabes lo oscuro que es el club y bien sabe Dios que hay gente que tiene la cabeza abollada de por sí.

Ella respondió:

—Oscuro o no oscuro, hasta Blind Lemmon Jefferson se habría dado cuenta de que algo le sucede al ojo de este niño. ¿Qué te pasó aquí, Bud?

Me tocó bajo el ojo con la suavidad de una pluma.

—Pues verá, señora, Todd Amos me despertó metiéndome un lápiz por la nariz hasta la erre y entonces yo fui y le golpeé y le dejé una buena marca en la cara, así que nos dimos de trompadas y estuvimos haciéndolo un rato pero no muy largo, porque entonces yo supe que no podía zurrarle, así que me dejé caer y me hice una bola —contesté yo.

Miré a Herman E. Calloway para cerciorarme de que escuchaba la parte siguiente. Quería que supiera que incluso aunque él era realmente malo, nuestras mentes pensaban las cosas de modo idéntico. Dije:

—Me tiré al suelo, señora, porque el Señor me dio el buen sentido de saber hasta dónde puede uno llegar.

Herman hizo como que no se enteraba, así que seguí hablando con la señorita Thomas.

—Entonces vino la señora Amos y me di cuenta de que me habían registrado la maleta aunque me habían prometido no hacerlo y me encerró en el cobertizo donde las avispas y las cabezas de pez me pusieron así.

La señorita Thomas puso cara de que estas noticias le resultaban verdaderamente asombrosas.

—¡Parece un caso de diarrea de la boca y estreñimiento del cerebro! —exclamó Herman E. Calloway.

La señorita Thomas lo miró de mala manera y dijo:

—Has dicho "el Hogar", Bud, pero ¿qué clase de Hogar? ¿Dónde está tu mamá?

—Murió hace cuatro años, señora —contesté.

Me puso la mano en el hombro y respondió:

—Lo siento muchísimo, cariño. ¿Y qué hay de tu papá? ¿Sabes dónde está?

—Sí, señora —respondí.

Ella dijo:

—¿Dónde está, cariño?

Yo señalé nuevamente con el dedo la gran barriga de Herman E. Calloway y dije:

—Está sentado ahí mismo.

La señorita Thomas puso cara como de querer sonreír, pero dijo:

—Oye, Bud, solo hace un par de minutos que te conozco, pero puedo decir que tu madre hizo un buen trabajo educándote: tienes unos modales más que correctos, así que me sorprende que señales de esa forma.

Tenía razón. Bajé el dedo y me disculpé:

—Lo siento, señora.

—Está bien, pero no fui yo a quien señalaste —contestó ella.

Entonces, dirigiéndome a Herman E. Calloway dije:

—Lo siento, señor. —Pero no lo sentía.

—Eso está mejor, todos cometemos errores —dijo ella

sonriendo—. ¿Sabes qué, Bud? Me da la impresión que te vendría bien una buena comida, así que ¿por qué no te sientas ahí y comes con nosotros? —preguntó, señalando una silla vacía enfrente de Herman con un dedo cubierto de anillos.

¿Cómo se puede disfrutar de una comida con Herman E. Calloway mirándote todo el rato?

Pero quizá mi suerte estuviera empezando a cambiar. Tan pronto como me senté, Herman E. Calloway levantó su café y anunció:

—Si me perdonan, yo los dejo —y se dirigió andando hasta donde la banda se sentaba y les dijo—: muy bien, alguien tiene que dejarme su sitio y comer con James, la señorita Grace... ah, y con mi hijo.

Durante un segundo pareció que se producía una estampida de los Rítmicos Devastadores de la Depresión: todos saltaron a la vez y se dirigieron hacia nuestra mesa.

Al ver lo que habían hecho, se rieron y Eddie La Calma dijo:

Quédese con mi sitio, señor C., quiero hablar con ese chico. Tiene toda la pinta de futuro saxofonista.

Y se acercó hasta nuestra mesa.

La señorita Thomas me preguntó:

—¿Te importa si elijo por ti, Bud?

—No, señora —respondí. No podía creer que pudieras pedir lo que querías. Pensaba que te sentabas y te traían lo que hubiera. Una mujer se acercó a la mesa y preguntó:

—¿Preparados para pedir, señorita Thomas?

La señorita Thomas contestó:

—Absolutamente, Tyla.

—¿Quién es el hombrecito? ¿Es un nuevo miembro de la banda? —preguntó Tyla.

La señorita Thomas se rió:

—Son cada vez más jóvenes, ¿no? Este de aquí se llama Bud y va a ser nuestro invitado durante un tiempo, así que quiero impresionarlo con algo especial.

Tyla dijo:

—Bien, ya saben ustedes que lo han traído al lugar adecuado. Encantada de conocerte, Bud.

—Encantado de conocerla, señora —respondí.

—¿Señora? Loado sea Dios, señorita Thomas, su invitado tiene unos modales buenísimos. Está claro que no es uno de esos tipos toscos y groseros que el señor Calloway suele arrastrar hasta aquí —contestó ella.

Eddie La Calma dijo:

—Tyla, estoy destrozado por tus palabras.

Ella dijo:

—Bud, te pido disculpas por confundirte con un músico.

Yo le respondí:

—Está bien, señora, no me ha molestado.

La señorita Thomas dijo entonces:

—¿Queda algo de asado?

—Sí, señorita, naturalmente,

—¿Qué te parecen unas judías y puré de papa para acompañar, Bud?

—Gracias, señora.

—¿Y cómo ves un gran vaso de sidra?

—Pues muy bien señora, muchas gracias, señora.

—De acuerdo —dijo ella—, tomaré lo mismo.

¡El señor Jimmy pidió una comida totalmente diferente de la mía y Eddie La Calma ordenó otra que no tenía nada que ver con ninguna de las dos! ¡No me extraña que los ricos vayan a restaurantes una vez por semana! ¡Es fenomenal!

La señora Tyla se fue a traernos la comida y la señorita Thomas se dirigió nuevamente a mí:

—Bud, tengo que decirte que estoy casi segura de que no es posible que el señor C. sea tu padre. Dime quién te ha metido esa idea en la cabeza.

—Mi madre, señora.

La señorita Thomas le echó una rápida mirada al señor Jimmy y dijo:

—Cariño, ¿tenías idea de que mucha gente de este estado conoce al señor C.? ¿Sabías que es muy famoso?

—No, señora.

—Ah, bien. ¿Sabes lo que creo? Creo que quizá tu madre lo oyó en la radio, oyó a alguien hablar de él o vio la banda en algún sitio y te dijo que el señor C. le recordaba a tu padre y tú no entendiste bien lo que quería decir, ¿no te parece posible?

—No lo creo, señora.

Ella me miró durante un momento y preguntó:

—¿Fue y te dijo directamente "tu papá es Herman E. Calloway", Bud?

—Pues mire usted, casi. Pero no con esas palabras.

—Dime entonces qué palabras fueron, cariño.

Oh-oh. Iba a ser difícil explicarle a la señorita Thomas lo de los frondosos arces y las pistas sacadas de las hojas de propaganda. Mientras me guardé para mí lo de que Herman E. Calloway era mi padre todo tenía sentido, pero ahora que intentaba explicárselo a otra gente parecía un sueño de niño tonto, algo que había querido y deseado en lugar de una cosa auténtica y real.

Bajé la vista hasta mi maleta y dije:

—Verá...

Sentí que mi suerte estaba cambiando, pero antes de que pudiera decir nada, la señora Tyla estaba de pie junto a nuestra mesa con una bandeja. La señorita Thomas extendió el brazo por encima de la mesa, me tocó suavemente la mano y dijo:

—Hablaremos mañana, Bud. Podría apostar a que estás más que harto de responder las preguntas de todo el mundo, ¿no?

—Sí, señora, lo estoy —respondí.

Pero noté que ella había dicho "mañana". ¡Eso significaba que no iban a intentar devolverme a Flint inmediatamente!

La señora Tyla dijo "señorita Thomas" y puso un plato frente a ella, luego dijo "señor Jimmy" y puso otro frente a él; después dijo "La Calma" y dejó un plato que tintineó un poco sobre la mesa y por último dijo "y, finalmente, el joven caballero" y ¡puso un plato repleto de comida frente a mí!

Fue la mejor comida que he probado jamás, y cuando terminé la señora Tyla me trajo un postre que llamó "Invita la Casa", un pedazo de pastel de batata con una cosa blanca y esponjosa encima: me dijeron que era nata.

Después de meterme en la boca los últimos trozos de pastel y acabar con los rastros de nata que quedaban en el plato, miré a la gente que estaba en la mesa conmigo y no puede evitar que se me escapara una gran sonrisa.

No me había dado cuenta antes, pero ahora estaba claro que la señorita Thomas era la mujer más hermosa del mundo. Cuando hablaba movía las manos y los dedos, y las luces del techo y de la pequeña vela de la mesa rebotaban en los diamantes y les arrancaban destellos que se te metían en los ojos y parecía que te hubiera caído encima polvillo mágico de hada y era imposible no sonreír.

Y tarareaba todo el tiempo, aunque tararear no parece la palabra exacta para describir lo que hacía. Yo había oído tarareo antes, pero casi siempre era una excusa de gente incapaz de cantar o de gente que no se sabe la letra de una canción, y eso de ninguna manera tenía que ver con los sonidos que salían de la señorita Thomas. No podía evitar mirarla y preguntarme si quien hacía esos sonidos era un verdadero ser humano.

Su tarareo me recordaba sobre todo la sensación que tienes cuando andas descalzo sobre los rieles del tren, y mucho antes de que lo veas puedes sentir cómo sube a través de tus pies. Tarareaba lentamente al principio, pero podías sentir el tren traqueteando allí a lo lejos; después, el tarareo de la señorita Thomas te hacía sentir como si algo grande y fuerte te estuviera atravesando y pasando a través de ti y todo tintineaba y parecía que te ibas a deshacer en pedazos. Te daban ganas de soltar el tenedor y agarrarte a algo sólido.

Al oír esta pequeña muestra de cómo cantaba entendí de repente por qué el señor Jimmy no la llamaba cantante: cantante no era una palabra lo bastante grande como para describir la clase de sonidos que salían de la garganta de la señorita Thomas.

Y no me había dado tampoco cuenta antes de lo divertido que era el señor Jimmy. Las historias que contaba sobre los viajes por todo el país con Herman E. Calloway nos hicieron reír tanto que incluso la ruidosa gente que comía en las mesas próximas a la nuestra dejó de comer y empezó a partirse de risa.

La única mesa que estaba silenciosa era donde se sentaban los Rítmicos Devastadores. Parecía como si Herman E. Calloway consiguiera que lo único que quisieras hacer era sentarte y mirarte las manos con expresión triste.

Y tampoco me había dado cuenta antes de lo agradable que era Eddie La Calma. Hablaba por un lado de la boca y mantenía los ojos medio entrecerrados, especialmente cuando la señorita Tyla se acercaba a nuestra mesa para ver si todo estaba bien, lo que hacía con gran frecuencia. Y fue la primera persona que vi capaz de comer y hablar y reír y beber y estornudar manteniendo un palillo en equilibrio entre sus labios todo el tiempo.

No importa lo que hiciera, el palillo siempre se mantenía bailando justo debajo de su bigote. Y se tomó su tiempo para enseñarme cómo poner los labios y los dedos para que pareciera que estaba tocando el saxofón.

No estoy seguro de cuándo ocurrió, si fue cuando acababa con las últimas gotas de nata derretida o cuando los dedos de la señorita Thomas esparcieron todo ese polvo mágico, pero en algún momento durante el tiempo que pasé sentado en El Guisante Verde, otra semilla empezó a echar raíces; en algún momento en aquel lugar que olía como el cielo, otro frondoso arce empezó a hacer que sus raíces crecieran y ganaran agarre.

En un momento me reía a carcajada limpia y al siguiente me sentía muy sorprendido, porque algo me golpeó tan fuerte como McNevin Colmillo Retorcido había golpeado a Herman E. Calloway. De repente entendí que, de todos los lugares del mundo en los que había estado, este era el mío. Que de toda la gente con la que me había encontrado, esta era la mía. Que aquí era donde estaba mi sitio.

Y Herman E. Calloway estaba muy equivocado si pensaba que intimidándome iba a disuadirme. Iba a hacer falta más que un viejo gruñón, calvo y panzudo para sacarme de aquí.

Estaba riéndome tanto que de repente alguna vieja válvula oxidada se puso en movimiento y entonces... tris, tras, patapún... las lágrimas empezaron a brotar de mis ojos con tanta fuerza que tuve que cubrirme la cara con la gran servilleta roja y blanca que estaba en la mesa.

No me había sentido tan avergonzado desde que me desperté y me encontré a la señora Sleet mirándome las piernas. Me di cuenta de que todo el mundo en El Guisante Verde había dejado de hablar y me miraba en silencio, pero no podía dejar de berrear. Mi mamá solía decirme que solo hay una oportunidad de causar una primera buena impresión y parecía que la estaba echando a perder con los Rítmicos Devastadores de la Depresión.

Finalmente apoyé la cara en los brazos, encima de la mesa, y me puse la servilleta sobre la cabeza como si fuera una pequeña manta, intentando con toda la fuerza de que era capaz, pero sin éxito, que la pequeña válvula que se había abierto volviera a cerrarse.

De repente sentí la mano de la señorita Thomas por debajo de la servilleta acariciándome la cabeza. Hizo que me levantara de la silla y me sentó en su regazo, me envolvió en sus brazos y me acunó en sus rodillas. Pues vaya, con este comportamiento jamás tendría ninguna reputación en la banda; lo único que podía hacer era agarrarme a la servilleta e intentar que la gente no notara lo mojada que tenía la cara.

La señorita Thomas habló en voz tan baja que yo fui el único que la oyó:

—Está bien, pequeño, está bien. Ya sé, cariño, ya sé.

Entonces comenzó a tararear de nuevo y con mi oreja aplastada contra su pecho empecé a sentir como si todos mis huesos y mis músculos dejaran de hacer su trabajo, me sentía como si algo tan grande como una locomotora de vapor estuviera traqueteando junto a mi oído.

No estoy seguro de si fue con sus labios o su mano, pero me susurraba algo en un idioma que no tuve ningún problema en entender. Me decía:

—Adelante, Bud, llora. Estás en casa.

Capítulo XV

—Mira, Bud —dijo la señorita Thomas—, esto es lo que llamamos la Gran Estación Calloway.

Aparcó el carro frente a una gran casa y salió, así que agarré mi maleta del asiento trasero y salté detrás de ella.

Aunque me sentía aún realmente avergonzado por la lloradera en El Guisante Verde, sabía que iba a tener que empezar a hablar tarde o temprano, así que le pregunté:

—¿Cómo es que esta casa tiene ese nombre, señora?

Ella respondió:

—El señor Calloway dijo hace mucho tiempo que había tantas personas diferentes entrando y saliendo de aquí a horas tan distintas del día y de la noche que le recordaba la estación de trenes de Nueva York, la estación Grand Central. Y de ahí viene el nombre.

Tan pronto como entramos la señorita Thomas dijo:

—Te enseñaré el sitio mañana; esta noche es tarde y estamos todos cansadísimos, así que te llevaré inmediatamente al cuarto donde vas a dormir.

Subimos las escaleras y llegamos a un vestíbulo. La señorita Thomas abrió una puerta y entramos. A un lado de la habitación había una cama y una ventana con cortinas y al otro dos puertas pequeñas. Descansando en el espacio que quedaba entre las dos puertas había una silla y una mesita del tipo de las que salen en las películas y que las mujeres usan para pintarse los labios. Tenía un cajón largo y estrecho que la cruzaba completamente y un gran espejo redondo encima. Junto a la cama había otra mesita con una lámpara cuya pantalla era la fotografía de un caballito negro.

La señorita Thomas encendió la lámpara y el caballo se iluminó: me di cuenta de que era pardo.

—Vamos a tener que hablar con el señor Calloway a ver dónde puedes poner tus cosas. Bud, no creo que puedas meter nada en esos armarios.

Dijo esto último señalando a las dos pequeñas puertas y añadió:

—Esos dos están llenos de un montón de cosas viejas que hay que tirar. Por ahora, pon aquí tu maleta —dijo esto último señalando la mesa que tenía el espejo.

—Sí, señora, gracias, señora —contesté.

—Bueno, supongo que así está bien —dijo ella sonriendo—. La primera puerta del vestíbulo a la izquierda es mi habitación, la segunda es la del señor Calloway, y la puerta de la derecha es el excusado. ¿Crees que estarás bien?

Lo creía, salvo que esas dos puertecitas estaban empezando a ponerme nervioso. Parecían ser del tamaño justo para que Frankenstein o un hombre lobo salieran de ellas en cuanto todos los adultos dejaran la habitación y, como solo había una silla, no iba a poder bloquear las dos.

—Lo más seguro es que esté bien, señora, pero me pregunto una cosa —contesté.

—¿Qué es, cariño?

Señalé las puertas y dije:

—¿Están cerradas?

Vaya, con la buena impresión que le estaba causando a la señorita Thomas: iba a pensar que era de lo más infantil llorar a moco tendido antes y mostrarse asustado ahora por dos puertas tamaño monstruito.

Ella se echó a reír y dijo:

—No creo que estén cerradas, Bud, pero no hay nada ahí dentro salvo vestidos de niña y juguetes.

—¿No se enfadará la niña si vuelve y me pilla durmiendo en su cama? —contesté.

La señorita Thomas se detuvo un segundo como si tuviera que pensar y finalmente dijo:

—No, Bud, no creo que tengas que preocuparte por eso; se ha ido.

Oh-oh. ¡Dos cosas por las que ponerse nervioso en una sola frase!

La primera cosa por la que preocuparse estaba en "Reglas y Cosas número 547", más o menos, y era la que trata de cuando los adultos te dicen "no te preocupes". La segunda cosa mala estaba en la regla número 28 de las "Reglas y Cosas para tener una vida más divertida y ser un mentiroso cada vez mejor" de Bud Caldwell. Era muy corta:

REGLAS Y COSAS NÚMERO 28
¡Ido = muerto!

No sé por qué los mayores no pueden decir que alguien se ha muerto; se creen que es más fácil decir "se ha ido".

Aquello significaba que iba a tener que pasar la noche en la habitación de una niña muerta, es decir, que no iba a pegar el ojo. Podía atrancar una de las puertas con la silla, pero tendría que arrastrar la mesa del espejo hasta la otra para sentirme seguro. No me lo creo cuando la gente dice que los armarios son el único modo en el que un fantasma o un monstruo puede entrar en tu cuarto. Apuesto a que tienen formas de salir de debajo de la cama o, si desean agarrarte de verdad, apuesto a que pueden salir incluso de un cajón que tú crees que está cerrado y atrancado.

La señorita Thomas dijo:

—Te veré por la mañana. Que duermas muy bien.

Antes de que pudiera decir Jack Robinson ya tenía la silla encajada debajo de uno de los picaportes y estaba pensando en el mejor modo de empujar la mesa cuando oí voces fuertes que venían del vestíbulo: eran Herman E. Calloway y la señorita Thomas discutiendo muy enojados.

Mientras ellos se gritaban, me senté en la cama y me puse la maleta encima de las rodillas esperando que el señor Calloway ganara y que me buscaran otro sitio donde dormir. Nunca he entendido por qué los adultos hacen que los niños duerman solos en sus dormitorios por las noches. Es igual que si les dieran a los fantasmas un mapa del tesoro, y como si en el sitio del mapa marcado con una "x" hubiera algún pobre niño dormido profundamente en lugar de un gran cofre de oro.

La puerta se abrió de golpe y ahí estaba Herman E. Calloway jadeando y resoplando como el gran lobo malo, solo que con su barriga parecía que se había comido ya a los tres cerditos. No me preocupé mucho porque vi los pies de la señorita Thomas detrás, en el umbral.

Herman E. Calloway me vio sentado en la cama y se abalanzó a la primera de las puertas. Retiró la silla antifantasmas de un manotazo y metió una llave en la cerradura. Después de asegurar esa puerta, se abalanzó hacia la otra y la cerró también.

Mientras tanto, me hablaba en susurros para que la señorita Thomas no pudiera oírlo:

—Has conseguido engañar a los demás, pero a mí no. Hay algo en ti que no me gusta. Voy a averiguar cuál es tu juego y créeme, granuja, vas a volver al sitio al que perteneces.

Devolvió la llave al bolsillo de su pantalón y salió de la habitación dando un portazo.

La puerta no había dejado de temblar todavía cuando se abrió otra vez violentamente. Herman E. Calloway me señaló con un dedo y dijo:

—Y si sabes lo que te conviene, no te dedicarás a meter la nariz ni en este cuarto ni en ningún otro sitio de la casa. Sé dónde está cada cosa y me doy cuenta inmediatamente de si falta algo. Tengo campanitas secretas por todas partes, y si alguien roba algo suenan y solo yo las oigo, así que mucho cuidado.

La pobre puerta recibió otro golpazo.

La señorita Thomas dijo:

—Mira, Herman, la mitad del tiempo no sé si debo reírme de ti o tenerte lástima.

Lo que Herman E. Calloway había dicho me recordó lo que solían explicarnos cuando los del Hogar nos llevaban a nadar a la piscina del YMCA. Antes de que empezáramos a nadar, un tipo blanco que hacía de salvavidas nos hacía sentar en el borde de la piscina con los pies en el agua y nos decía:

—Hemos tenido problemas con niños como ustedes que se orinan en el agua: les hemos rogado, les hemos suplicado que no lo hagan, pero no parecen entender el mensaje. Esto ha forzado a la organización a gastar mucho dinero en un reactivo químico especial que echamos en el agua. El reactivo hace que el agua contaminada con orina se tiña de color rojo brillante. Por tanto, si orinan en la piscina quedarán rodeados por una brillante nube roja y todos sabremos quién se lo ha hecho en el agua. El reactivo causa también graves quemaduras en la piel. Así que, si aparece una nube roja alrededor de cualquiera de ustedes, serán arrestados por la policía de Flint, que los llevará al hospital para que les curen las quemaduras; irán a la cárcel y sus nombres entrarán en una lista especial de gente a la que no se le permite nadar en ninguna piscina del mundo. Si aparece la nube roja alrededor de cualquiera de ustedes, desde ese momento solo podrán nadar en el río de Flint.

Nada produce más ganas de orinarse en una piscina que alguien que piensa que eres idiota, te diga que no lo hagas, del mismo modo que nada produce más ganas de robar algo que alguien te diga que no robes sin saber si eres honrado o no.

Herman E. Calloway no tenía que preocuparse, porque yo era un mentiroso, no un ladrón. Lo único que había robado en mi vida era comida de cubos de basura.

Era tan mezquino y tan duro que no parecía posible que pudiera ser el padre de nadie. El modo en el que le preocupaba que le robara algo, incluso antes de saber si yo era honrado o no, me hizo preguntarme si alguien tan suspicaz podría ser pariente mío.

Pasé la vista por la habitación de la niña muerta y decidí que ni siquiera el ladrón más desesperado podría encontrar allí algo que valiera la pena robar.

Lo mejor de la habitación era una pared cubierta con imágenes de caballos recortadas de revistas y fijadas a la pared con chinches. Daba la impresión de que alguien se había tomado muchas molestias para hacerlo: cada imagen estaba sujeta con cuatro chinches y había tantas que parecían empapelar el muro del suelo al techo.

Tal vez hubiera algo bueno en los armarios, pero incluso si Herman E. Calloway no los hubiera cerrado estoy muy seguro de que no se me hubiera ocurrido meter la nariz ahí.

Coloqué mi maleta en la mesa del espejo y miré el primer cajón. Como ya he comentado, alguien que te dice que no hagas algo no hace más que aumentar tus ganas de hacerlo. Escuché atentamente para asegurarme de que Herman E. Calloway no me estaba vigilando y abrí el cajón.

Había tres cajas de chinches y uno de esos famosos lápices *Ticonderoga*. Mirarlo me hizo oler a goma de nuevo.

Fui hasta la cama, me senté en el borde y me dejé caer en ella.

¡Cielos! Era la cosa más blanda en la que me había tumbado en mi vida. Froté los brazos contra la colcha arriba y abajo, saqué la almohada y la puse debajo de mi cabeza. ¡La cama tenía incluso dos sábanas igual que las de Toddy!

Era extraño que en un dormitorio en el que una muchachita había estirado la pata yo no estuviera atemorizado ni nervioso en absoluto. Respiré profundamente y me sentí como si estuviera durmiendo con mi propia manta envuelta alrededor de la cabeza. Inspiré dos veces más y oí a mi mamá que empezaba a leerme otro cuento. Lo último que recuerdo haber oído fue: "Yo no, dijo el caballo", "Yo no, dijo la oveja", "Yo no, dijo el hombre lobo".

Supe que iba a dormir muy bien porque, aunque un monstruo hubiese conseguido meterse en el cuento, no me habría importado: nada podía hacerme daño.

Capítulo XVI

Tuve que luchar como un tigre para despertarme a la mañana siguiente. Lo primero que vi fue los caballos fijados con chinches que cubrían toda la pared. Me estiré y vi que no tenía la camisa, así que pateé la ropa con las piernas y entonces me di cuenta de que tenía una sábana encima, una sábana debajo, y de que tampoco llevaba los pantalones.

Caramba, verdaderamente estaba pero que muy cansado la noche anterior. Ni siquiera podía recordar haberme desvestido y haberme metido en la cama. Pero eso explicaba por qué había dormido tan profundamente. Había descubierto uno de los secretos de los ricos: dormir entre sábanas te deja tan frito como a un bebé que lo pasean en automóvil.

Miré a mi alrededor y creí que estaba soñando: mi ropa estaba doblada ordenadamente del mismo modo que mi mamá solía doblarla cuando se iba a trabajar antes de que yo me levantara. Parpadeé un par de veces porque parecía que había una nota sobre mi ropa y mi mamá siempre me dejaba una nota que decía algo así como: "Querido Bud, pórtate muy bien. Te veo esta noche. Te quiero".

Me empezaron a picar los ojos, pero parpadeé unas cuantas veces más y la nota desapareció. Seguí parpadeando, pero el ordenado montón de mi ropa siguió estando donde estaba.

Vaya, la señorita Thomas debía de haber entrado por la noche, me había desvestido y me había metido en la cama. Pues sí que había podido verme bien las piernas.

Me levanté tan silenciosamente como pude y me puse la ropa. Podía oír risas y conversación que venían de abajo.

Justo cuando me acercaba a la puerta de la cocina oí a Herman E. Calloway que decía:

—... así que esa tarta va a derrumbarse.

La señorita Thomas respondió:

—No tienes ni idea de lo malos que pueden ser esos orfanatos. No son en absoluto lugares donde un niño pueda crecer. No puedo creerlo: te apiadas de cualquier perro vagabundo que pase por esta vecindad y llega un niño y de repente no muestras ninguna simpatía para él. Puede que no te enteraras, pero acordamos ayer por la noche lo que íbamos a hacer con ese chico y a eso vamos a atenernos.

Oh-oh. Me sentí contento de no haber sacado nada de la maleta, porque parecía que a lo mejor tenía que salir corriendo de nuevo.

Herman E. Calloway dijo entonces:

—Como ya he dicho, voy a averiguar en Flint qué pasó de verdad y entonces veremos.

La señorita Thomas respondió:

—De acuerdo, pero yo le creo al niño. Tú, mejor que nadie, deberías saber que sé perfectamente cuando alguien miente.

Oh-oh, tendría que recordar eso.

Ella siguió hablando:

—Hasta que tengamos noticias de Flint que nos hagan cambiar de opinión, se queda aquí con nosotros.

Una cuarta voz dijo:

—Bien, me alegro de oírlo. Eso significa que no he estado revolviendo en el sótano por nada. Creo que esto le va a gustar de verdad.

¡Era Eddie y parecía que tenía algo para mí!

Volví a subir las escaleras de puntillas y entré de nuevo en la habitación de la niña muerta. Volví a salir y cerré la puerta lo bastante fuerte como para que la pudieran oír abajo. Bajé las escaleras haciendo ruido, crucé el vestíbulo y llegué hasta la puerta que, según la señorita Thomas, era la del excusado.

Cuando terminé, tiré de la cadena y el agua bajó de golpe: el ruido me hizo saltar hacia atrás.

Caramba, era difícil acostumbrarse a estos excusados de dentro de las casas. Me lavé las manos con agua caliente y cerré la puerta del excusado con fuerza.

Bajé haciendo todo el ruido que pude, deteniéndome un par de veces para bostezar bien alto.

Cuando entré en la cocina todos tenían caras de no haber estado hablando de mí en absoluto.

—Buenos días, señor Calloway —dije yo, aunque realmente no lo sentía, y añadí—: buenos días, señorita Thomas, buenos días, señor Jimmy, buenos días, Eddie La Calma.

Noté inmediatamente que la señorita Thomas no tenía puestos todos sus anillos de diamantes: supongo que sería difícil dormir con esas luces destellantes puestas encima, y tenía que encerrarlas en una caja que no dejara escapar las chispas.

Me di cuenta también de que, incluso sin los anillos, la señorita Thomas debía de ser la mujer más bella del mundo. Ellos sonrieron y contestaron:

—Buenos días, Bud.

Todos excepto Herman E. Calloway, que se levantó de la mesa y dijo:

—No me gusta cómo suena el carro, voy a echarle un vistazo al motor.

Y dicho esto salió por una puerta trasera de la cocina. La señorita Thomas dijo entonces:

—Bud, nos íbamos a rendir contigo. ¿Duermes habitualmente hasta después del mediodía?

¿Después de mediodía? ¡Caramba, no podía creerlo! ¡Había dormido tanto como esos ricos que salen en las películas!

—No, señora, es la primera vez que lo hago.

—Sé que debes estar muriéndote de hambre pero, si puedes aguantar otra media hora o así, el señor Jimmy va a hacer la comida de todos. ¿Crees que puedes? —contestó ella.

—Sí, claro, señora.

Media hora no era nada; daba igual el hambre que tuvieras.

El señor Jimmy dijo:

—¿De qué va el rollo, muchachito?

Yo no sabía exactamente lo que quería decir, así que contesté:

—Nada, señor.

Eddie La Calma me preguntó:

—¿Cómo has dormido, chico?

—Estupendamente, señor.

Uups, me olvidé de que no tenía que llamarles señor a los miembros de la banda. Él dijo:

—Pilla madera —y señaló una silla. Supuse que quería decir que me sentara, y así lo hice.

La señorita Thomas me preguntó:

—¿Te zumbaron los oídos anoche, Bud?

Toda la gente de Grand Rapids hablaba raro. Solo había venido del otro lado del estado y era como si aquí hablaran algún idioma extranjero.

—¿Qué, señora? —contesté.

Ella respondió:

—Hay un viejo dicho según el cual cuando la gente habla de ti a tus espaldas te zumban los oídos, como si estuvieras oyendo un abejorro.

Yo respondí:

—No, señora, mis oídos estaban muy bien.

Ella dijo:

—Pues mira, deberían haberte zumbado porque fuiste el tema de una conversación muy larga ayer por la noche. Pero tan profundamente dormido como estabas, no me sorprende en absoluto que no te dieras cuenta, Bud. ¡Tuve que tomarte el pulso para asegurarme de que estabas vivo!

187

¡Vaya! Lo sabía. Había entrado cuando yo estaba frito y me había quitado los pantalones y la camisa. Caray, qué vergüenza.

La señorita Thomas dijo:

—El señor Calloway, la banda y yo hablamos de ti durante mucho rato. Llegamos a algo que queremos comentar contigo, porque necesitamos tu ayuda para decidir qué hacer.

Oh-oh. Eso era la "Regla y Cosas número 36", más o menos, la que decía que tenía que prepararme para ir a traerle algo.

—¿Sí, señora? —contesté.

Ella continuó:

—Primero tenemos que hablar con algunas personas en Flint, pero si dicen que de acuerdo, esperamos que te quedes en la Gran Estación Calloway durante un tiempo.

Una sonrisa gigante partió mi cara en dos.

La señorita Thomas dijo entonces:

—Voy a suponer que esa sonrisa significa sí.

—¡Sí, señora! ¡Gracias, señora!

La señorita Thomas dijo:

—Antes de que se te quede esa mueca permanentemente en la cara, déjame decirte que vas a tener que hacer montones de cosas y encargarte de muchas tareas aquí. Bud, esperamos que seas capaz de valerte por ti mismo lo mejor que puedas. A todos nos gusta tener la casa muy limpia y ninguno de nosotros está habituado a tener niños cerca, así que vamos a tener que acostumbrarnos a ser muy pacientes los unos con los otros. Hay una persona en especial con quién vas a tener que ser muy, muy paciente. ¿Sabes a quién me refiero?

Claro que lo sabía.

—Sí, señora, el señor Calloway.

—Buen chico —dijo ella—. Tienes que darle tiempo. De verdad le hace falta ayuda con un montón de cosas: jura que alguien le pone peso en su contrabajo cada año, pero lo único que pasa es que se hace mayor. Le vendrían muy bien unas manos jóvenes y fuertes que lo ayudaran. ¿Crees que puedes encargarte de ello?

Ahora supe seguro que me había mirado las piernas; debía de pensar que yo era un verdadero debilucho.

—Sí, señora, mis piernas son mucho más fuertes de lo que parecen, a mucha gente le sorprende eso —dije yo.

La señorita Thomas contestó:

—No me cabe la menor duda, Bud, pero no es tu fortaleza física lo que me preocupa, sino la de tu espíritu. Dios sabe que el señor Calloway la va a poner a prueba.

—Sí, señora, también mi espíritu es mucho más fuerte de lo que parece, la mayoría de la gente se queda muy sorprendida con eso —contesté.

— Muy bien, pero... ¿sabes qué, Bud? —dijo ella sonriendo.

—¿Qué, señora?

—Supe que eras un chico fuerte en cuanto te vi.

Yo sonreía de nuevo y ella añadió:

—Tenemos un calendario muy apretado los dos próximos meses y, en septiembre, tendremos que ocuparnos de que vayas a la escuela; pero vamos a estar viajando mucho por Michigan, así que espero que no te resulten desagradables los viajes largos en automóvil.

—No, señora.

—Estupendo, Bud —dijo ella—. Algo nos dice que eres un enviado del cielo. Ten eso presente todo el tiempo, ¿está bien?

—Sí, señora —contesté.

Entonces hizo una cosa que me hizo sentir muy raro. Se levantó, me agarró ambos brazos con sus manos y me miró de arriba a abajo, igual que mi mamá lo hacía. Después de unos segundos, dijo:

—Bud, es muy importante, quiero que tengas eso siempre presente. A veces te resultará muy duro y como yo no siempre viajo con la banda, no quiero que olvides lo que te digo.

—No, señora, no lo haré —respondí.

Eddie La Calma intervino:

—Teniendo en cuenta que vas a ser parte de la familia, hay algunas cosas de las que tenemos que hablar. Me he dado cuenta de que no sueltas por nada del mundo esa vieja maleta que llevas contigo. Necesito saber qué tan apegado estás a ella.

—La llevo conmigo a todas partes porque dentro tengo todas mis cosas —contesté.

No estaba seguro de que me gustara el rumbo que tomaba la conversación.

—Eso es precisamente lo que necesito saber —continuó Eddie—, ¿tienes apego a la maleta o a las cosas que hay dentro de ella?

Nunca había pensado en eso, porque siempre pensaba en la maleta y en las cosas que contenía.

—Las cosas que mi madre me dejó son las más importantes —respondí.

—Bien —dijo él—, porque si vas a viajar con nosotros no estaría bien que llevaras esa vieja maleta costrosa.

Buscó debajo de la mesa de la cocina y sacó uno de esos estuches de forma rara en los que la banda llevaba todos sus instrumentos. Este era pequeñito.

Lo puso sobre la mesa, lo abrió y dijo:

—Teniendo en cuenta que vas a viajar con Herman E. Calloway y los Virtuosos del Compás que, como todo el mundo sabe, es una banda de mucha clase, no tienes otro remedio que dejar de llevar tus cosas en esa maleta de cartón. Este es el estuche de mi saxo alto; lo he ido arrastrando más o menos desde hace tres años, desde que me robaron el saxo en un tugurio de Saginaw, pero como no parece que me lo vayan a devolver, he pensado que bien podrías guardar las cosas de tu madre dentro.

—¡Uau! ¡Gracias, Eddie La Calma!

Acerqué hacia mí el estuche. Dentro tenía un hueco con la forma del saxofón que Eddie La Calma antes llevaba dentro, pero ahora no quedaba otra cosa que una pequeña toalla rosada. El interior del estuche estaba forrado con un material negro y suave que cubría todo, incluso el hueco del saxofón. Noté también un olor viejo que salía de él, como de babas secas y de algo muerto. ¡Olía estupendamente!

La puerta trasera de la cocina se abrió y pensé que Herman E. Calloway volvía para aguarnos la fiesta a todos, pero era el resto de la banda.

Todo el mundo dijo hola, se sirvieron café y se sentaron a la mesa.

—He notado que el carburador del Loudean se ha fastidiado de nuevo —dijo Bug—: ¿pasa algo?

—Pasan muchas cosas, pero no con el carro —contestó la señorita Thomas.

Todos se rieron y yo me uní a ellos.

Le di unas palmaditas a mi nuevo estuche y anuncié:

—Este de aquí es ahora mi estuche; a partir de ahora iré con ustedes.

Todos sonrieron y Fechoría dijo:

—Eso hemos oído. Nos alegramos de tenerte a bordo, socio.

—Creo que voy a contarle las cosas que Herman E. Calloway exige a cualquiera que forma parte de la banda —dijo Eddie La Calma.

—Conocidas por otro nombre como las "Reglas de Herman E. Calloway para garantizar que no tengas compañía femenina, ni alcohol, ni diversión en absoluto" —dijo el Bandido.

—Regla número uno, practica dos horas al día.

—Esa es buena —dijo el señor Jimmy.

—Tengo esto para ti, Bud —dijo Eddie La Calma.

¡Eddie La Calma tenía otro regalo para mí! Era una flauta de madera larga, delgada y marrón. ¡Iba a aprender música!

—Esto se llama flauta dulce —dijo—. En cuanto manejes un poco el aire, afines algo y emboques bien empezaremos con algo más complicado.

Estas debían de ser más palabras especiales de Grand Rapids, porque no se parecían a ninguna otra que hubiera oído antes.

—¡Gracias! —contesté.

—No me des las gracias hasta que hayas pasado un par

de horas soplando escalas —dijo Eddie La Calma—. Veremos si estás tan agradecido entonces.

—Todo lo que falta entonces es darle un nombre al chiquillo —dijo el Bandido.

—Creo que no me gusta cómo suena el Loudean —dijo la señorita Thomas—. Me parece que voy a ir a comprobar el aire en el maletero.

Cogió su taza de café y se levantó para salir de la cocina.

—No tiene que marcharse, señorita Thomas —dijo Du-Dú Bug.

—Encanto, sé que esta es una de esas cosas masculinas que para ustedes es tan misteriosa y especial y que a mí no me interesa absolutamente nada. Lo único que puedo esperar es que el proceso haya mejorado desde que ustedes cuatro recibieron sus nombres.

Dicho esto dejó la habitación.

Tan pronto salió, Eddie La Calma me dijo:

—Pásame el hacha y ponte de pie, Bud.

Yo, que empezaba a entender el idioma de Grand Rapids, recordé que un hacha era un instrumento. Le alargué a Eddie mi flauta y me puse de pie frente a él.

—Oh-oh, la señorita Thomas tenía razón —dijo él—. Esto es misterioso y especial, así que quítate esa sonrisa de la cara, chico.

Intenté ponerme serio.

—Señor Jimmy —dijo Eddie—, usted es el músico de más edad aquí. ¿Hará los honores?

—Caballeros, se abre la sesión para dar nombre al miembro más reciente de la banda, BudnoBuddy —respondió el señor Jimmy.

Empezaron a comportarse como si estuvieran en la escuela. El Bandido levantó la mano y el señor Jimmy lo señaló.

—Señor presidente —dijo el Bandido—, teniendo en cuenta la actuación del muchacho la noche pasada en El Guisante Verde, propongo que lo llamemos Río Torrencial.

Vaya, yo esperaba que se hubieran olvidado de eso.

—Desafinas, Douglas —dijo el señor Jimmy.

Eddie levantó la mano:

—Señor presidente, este chico va a ser obviamente músico pues hoy ha dormido hasta las doce y media, así que propongo que le llamemos "Dormilón".

—El nombre "Dormilón" se propone a la junta —dijo el señor Jimmy—. ¿Comentarios?

—Demasiado sencillo—dijo Fechoría—. Creo que necesitamos algo que indique lo delgado que es.

—¿Qué tal "Huesos"? —propuso Du-Dú Bug.

—No tiene bastante clase —respondió Eddie—. Necesita algo que le transmita inmediatamente a la gente que el chico tiene mucha categoría.

—¿Cómo se dice "hueso" en francés? —preguntó el señor Jimmy—. En francés todo tiene mucha más clase.

—Es fácil: "hueso" en francés es "la bone" —contestó el Bandido.

—La Bone…, no, no tiene aura —respondió Du-Dú Bug.

Eddie La Calma dijo entonces:

—Bien, lleguemos a un compromiso: ¿qué les parece Dormilón La Bone?

No pude controlar más mi sonrisa: ¡era el mejor nombre que había oído en toda mi vida!

—Déjame que lo pruebe —contestó el señor Jimmy—: "Señoras y señores, muchas gracias por haber salido en esta fría noche de noviembre, porque tendrán ustedes la oportunidad de escuchar a este excepcional músico tocando en un escenario por primera vez. Ante ustedes, el prodigio de la boquilla, el señor... ¡Dormilón La Bone!".

Todo el grupo se puso a aplaudir.

—¿Qué puedo decir? ¡*Bum!* —dijo el Bandido.

—¡Preciso para él! —dijo Fechoría.

—Definitivamente, suave —dijo Du-Dú Bug.

—¡Hombre, el mejor! —concluyó La Calma.

—Arródíllate, jovencito —dijo entonces el señor Jimmy.

Hinqué una rodilla en tierra. El señor Jimmy me dio tres golpecitos con la flauta y dijo:

—Bienvenido a la banda, Dormilón La Bone.

Me puse en pie y miré a mis compañeros de la banda.

¡Dormilón La Bone! Era un nombre de los que te hacían olvidar que había tipos que te habían llamado Buddy, o incluso Clarence. ¡Era la clase de nombre que bastaba para hacerte practicar cuatro horas al día, solo para hacerle justicia!

Capítulo XVII

Sujeté el trapeador de modo que se quedó flotando en la superficie del agua del cubo. Estaba fingiendo que se trataba del submarino del que hablaba uno de los libros que mi mamá solía leerme, *20.000 leguas de viaje submarino*.

—Capitán Nemo —susurré, fingiendo que era un marinero.

—¿Sí, marinero?

—Los grumetes no pudieron cerrar más que diez mil de las vías de agua que tenemos, lo que significa que nos quedan otras diez mil y, ¡rayos y truenos, señor!, que me parece que nos vamos todos al fondo.

Miré en torno mío para asegurarme de que nadie me prestaba atención. Los Rítmicos Devastadores de la Depresión estaban todavía poniendo sus instrumentos en el escenario, esperando a la señorita Thomas y al señor Jimmy y a Herman E. Calloway.

Yo susurré:

—¡Dios del cielo, todo está perdido!

Entonces sumergí el trapeador en el agua, ahogando al Capitán Nemo, al marinero y a todos los demás. Se fueron al fondo entre una nube de burbujas, espuma de jabón y suciedad.

Sabía que Herman E. Calloway intentaba hacerme trabajar como un burro, pero no lo estaba haciendo nada bien. Ya había limpiado todas las mesas y las sillas de *La Cabaña de Troncos* y ahora iba a pasarle el trapeador al suelo por segunda vez. ¡Pero si era facilísimo! El cubo tenía incluso una cosa en la parte de arriba que podías utilizar para escurrirlo, y Herman E. Calloway no tenía ni idea de lo mucho que me estaba divirtiendo.

Lograr que alguien trabaje muy duro no es tan fácil como parece: hay gente que sabe hacerlo y hay gente que no.

Hay tipos que pueden mirarte y pensar que estás haciendo un trabajo a medias; entonces te dan más trabajo más rápido de lo que tú puedas decir Jack Robinson. Otros encuentran una excusa para sacudirte con la correa incluso si trabajas más que en toda tu vida.

Metí el trapeador en el escurridor y fingí que era alguien junto a una lavadora que no se daba cuenta de lo que hacía hasta que se caía dentro y la máquina lo retorcía bien. Levanté el mango para ver lo que había quedado del pobre tipo pero, antes de que pudiera comprobarlo, alguien gritó:

—¡Uno, dos, uno, dos, tres!

Levanté la vista. El Bandido estaba frotando sus baquetas contra una cosa de metal dorado que estaba de pie junto a los tambores y haciendo que sonara como una lluvia suave que comienza a caer sobre un tejado de hojalata. Solo que, en lugar de sonar como lluvia, que cae como le da la gana, el Bandido hacía que sonara como si cayera de una forma regular y saltarina. Entonces Fechoría empezó a hacer sonar el piano como si fuera una especie de tambor: durante un segundo se unió a las ráfagas de lluvia que el Bandido estaba haciendo, y un instante después despegó, haciéndote pensar en el sonido que deben hacer las cataratas del Niágara. Sonaba como deben sonar grandes y brillantes gotas de agua que caen de arriba, una sobre otra, una sobre otra. Las gotas caían con fuerza y, entonces, antes de que te dieras cuenta, reaparecía el ritmo saltarín del Bandido.

Eddie La Calma hizo chasquear los dedos muy bajito, al compás del piano y de los tambores, con su palillo moviéndose al mismo ritmo que sus dedos. Se llevó entonces el saxo a la boca y sopló, pero en lugar de salir música de un instrumento parecía como si Eddie lo hiciera hablar. Le sacó un sonido largo, bajo y retumbante y yo supe exactamente en ese momento, con un profundo y triste suspiro, que era el sonido más hermoso que había en el mundo. Eddie mantuvo la nota durante mucho rato y luego hizo que el saxo se desviara del resto de la tormenta musical. Se retorció y se dio la vuelta y se unió al ruido de lluvia que Bandido y Fechoría continuaban haciendo.

Yo me limité a quedarme allí, de pie. Ni siquiera oí cómo la señorita Thomas, el señor Jimmy y Herman E. Calloway llegaban por detrás de mí. La señorita Thomas me pasó la mano por la cabeza y dijo:

—Bud, has hecho un gran trabajo. Esto está resplandeciente.

Yo iba a decir "gracias, señora", pero parecía como si hablar en ese momento fuera a perturbar todos los maravillosos sonidos que venían de la gente del escenario.

El señor Jimmy dijo:

—La Bone, muy bien, hijo.

Herman E. Calloway soltó un gruñido y los tres se reunieron en el escenario con el resto de la banda. El señor Jimmy cogió su saxo y se unió a la tormenta. La señorita Thomas se sentó en un taburete, cerró los ojos y empezó a mover la cabeza arriba y abajo, arriba y abajo. Herman E. Calloway se quedó de pie junto a su violín gigante y empezó a mover también la cabeza. Puso una de las manos cerca de la parte alta del instrumento y empezó a tirar de las cuerdas con la otra mano. Cada vez que tocaba las cuerdas parecía que estas dejaban escapar algo ancho y pesado de forma lenta y relajada. O que era un trueno remoto y lejano pero acercándose todo el tiempo.

Entonces todos los instrumentos se unieron y, exactamente igual que pasaba con el olor de la biblioteca, no podías decir cuál era tu favorito. Primero te parecía que era el señor Jimmy a la trompeta, luego el trombón de Du-Dú Bug te hacía pensar que era el mejor, Fechoría hacía sonar el piano entonces como si fuera agua cayendo sobre grandes rocas y tú sabías que no había nada que sonara más hermoso hasta que Eddie La Calma hacía cantar a su saxofón y hablaba y bailaba alrededor de todos los demás y tú jurabas que era el único sonido que querías oír toda tu vida. Durante todo este rato, Herman E. Calloway y Fechoría mantenían en movimiento a los demás haciendo marcar a los tambores y al violín gigante un ritmo suave y regular, como si fuera el corazón de alguien a todo volumen.

Así que era realmente difícil decir qué instrumento preferías. Hasta que la señorita Thomas abrió la boca. Mientras que el resto de la banda era una tormenta, ella era el sol abriéndose camino entre espesas nubes grises. Con lo primero que cantó yo me preguntaba por qué esta banda se llamaba Herman E. Calloway y los Rítmicos Devastadores de la Depresión o Herman E. Calloway y los Caballeros Nubios, y por qué no se llamaba mejor Miss Thomas y los Rítmicos Devastadores de la Depresión y un Viejo Gruñón con su Violín Gigante.

Era tan buena que ni siquiera tenía que cantar con verdaderas palabras: la mayor parte del tiempo decía cosas como "la da da da da, da du dudu du du baba a oh a bababa"; Eddie La Calma contestaba entonces con el saxo y, antes de darte cuenta, mantenían una auténtica conversación.

De vez en cuando la trompeta del señor Jimmy entraba y ponía su parte, y luego se desvanecía. Todos los demás instrumentos interrumpían la conversación por turnos, pero al final era la voz de la señorita Thomas y el saxofón de Eddie los que pronunciaban las palabras que tú realmente querías oír. Por último la señorita Thomas hizo un ramillete más de "da du dudu du du" y Eddie contestó y entonces, justo cuando te parecía que empezabas a entender el idioma que hablaban, la señorita Thomas empezó a cantar:

"No nos hemos encontrado desde entonces, es tan bello verte de nuevo" —y continuó—: "tan bello verte, tan bello verte de nuevo".

Y la tormenta terminó. Lo último que se podía oír era la lluvia que hacía Fechoría y el trueno de Herman E. Calloway alejándose más y más como si la tormenta se hubiera marchado al condado próximo. Todo se quedó en absoluto silencio. Yo dejé caer el trapeador, aplaudí tan fuerte como pude y dije:

—¡Uau!

La señorita Thomas se incorporó y saludó con una reverencia.

Yo aplaudí más fuerte. ¡Ahora me daba cuenta de por qué esta banda tenía cuatro admiraciones a un lado y a otro de su nombre!

Capítulo XVIII

Nos metimos en dos carros para un viaje de hora y media hacia el norte de Grand Rapids. Nos dirigíamos a una ciudad de mala muerte llamada Mecosta. Yo iba con la banda mientras que el señor Jimmy y Hermann E. Calloway y los instrumentos iban en el Packcard. La señorita Thomas se quedó en la Estación Gran Calloway. Yo había vivido más o menos una semana con la señorita Thomas y la banda, y este era mi tercer viaje por carretera.

Los miembros de la banda estaban haciendo sus dos cosas favoritas además de tocar: meterse los unos con los otros y hablar de Hermann E. Calloway a sus espaldas.

El Bandido le dijo a Fechoría:

—Yo me sentiría ofendido, hombre, y no estoy tratando de decir que no seas bueno en lo tuyo, pero sabes que la única razón de que estés en esta banda es que eres holandés, eres blanco y no tienes la personalidad más marcada del mundo.

—Bueno, mira, así es la vida —contestó Fechoría—. ¿Crees que voy a dejar la mejor banda del estado solo porque tú te sentirías ofendido? Mira por la ventanilla, hombre, hay una depresión ahí fuera. ¿Cuántos tipos ves que vivan como nosotros, negros o blancos? Ese hombre puede tener sus defectos, pero es un luchador, y lo seguiré a donde quiera que vaya.

Eddie me miró y dijo:

—Bud, el señor C. ha tenido siempre a un tipo blanco en la banda por razones prácticas. Pero no estamos en contra de él por el color de su piel: no pudo evitar nacer como nació.

—Eres demasiado amable, Edward —dijo Fechoría.

—Y lo hacemos porque el tipo este sabe tocar —siguió hablando Eddie—. El señor C. no pondría en peligro su música.

—¿Y por qué él quiere que la banda siempre tenga un tipo blanco? —pregunté yo.

—No hay más remedio, Dormilón —contestó Fechoría—. Va contra las leyes que un negro sea el dueño de cualquier propiedad, así que el señor C. ha puesto a mi nombre *La Cabaña de Troncos*.

—Eso, y que montones de veces hacemos actuaciones en las que tocamos polkas y valses y cosas de esas, y los blancos no nos contratarían si supieran que es una banda de color, así que Fechoría va y se encarga de todo—dijo Eddie .

—¿Pero qué dicen cuando llegan los Rítmicos Devastadores?

—Bueno, en ese momento es demasiado tarde para decir algo —contestó Fechoría—. O tocamos nosotros o no hay música.

—Y el señor C. les dice además que si no somos la mejor banda que jamás han tenido, no tienen que pagarnos. Nunca ha ocurrido —dijo Eddie.

Con todos los comentarios y las bromas sobre el señor C. el viaje se me hizo realmente muy corto.

Descargamos los instrumentos y esperamos a que llegara la noche. Yo había oído ya a la banda tocar y ensayar miles de veces y todavía tenía que sentarme encima de las manos cuando acababan para no empezar a aplaudir como un loco.

Nos instalamos en un hotelito llamado El Borrico Risueño y yo me quedé durmiendo en el escenario para cuidar los instrumentos. A la mañana siguiente, cuando estaba metiendo todo en los estuches, llegaron malas noticias de verdad.

Herman E. Calloway le dijo al señor Jimmy:

—Voy a quedarme, que tengo que hablar con Eugene. Adelántate con los chicos.

El propietario del club, el señor Eugene Miller, había sido miembro de una de las bandas del señor C.

El señor Jimmy dijo:

—Bud, tómate con calma lo de ir cargando las cosas en el Packard y vuelve luego con Herman.

Vaya. El señor C. y yo nos miramos el uno al otro, porque no nos había parecido una buena idea.

—Lo que sea —dijo él y regresó a la oficina del club.

Horror, toda una hora y media enjaulado en un carro con él.

Cargué los instrumentos en el Packard, me senté en una gran piedra y saqué mi flauta para practicar. Pude oír la conversación y las risas del señor C. y del señor Miller durante mucho tiempo.

Por fin, Herman E. Calloway salió, y anduvo por el lado del edificio mientras golpeaba cosas con la punta del zapato. Yo me aproximé para ver qué hacía.

Cuando me acerqué a él vi que eran rocas que estaba llevando de un sitio a otro. Finalmente dio un par de gruñidos y quiso inclinarse, pero su gran panza se ponía por medio y no dejaba que sus brazos llegaran al suelo. Después de unos cuantos gruñidos más dijo:

—Haz algo, chico, y alcánzame esa.

—¿Esa qué, señor?

—Esa piedra, esa.

Justo en la puntera del brillante zapato marrón del señor C. había una pequeña piedra redonda. Me agaché para cogerla, le quité la tierra soplando y le di un par de vueltas en la mano intentando ver por qué el señor C. creía que era tan especial. Lo único que parecía claro es que había elegido una piedra perfecta para tirar, exactamente la misma clase de piedra que yo habría usado si hubiera querido darle a alguien en el coco. La dejé caer en su mano.

Él ni la miró ni nada, sino que se limitó a guardársela en el bolsillo. Oí cómo golpeaba contra unos cuantos dólares de plata.

Me mantuve al margen de sus asuntos todo lo que pude y entonces no tuve más remedio que decir:

—Señor C., ¿no es una piedra corriente?

—Claro que sí.

Empezó a caminar de vuelta al Packard y yo lo seguí. Había un millón de formas de preguntar lo que quería saber y yo tuve que elegir la peor cuando dije:

—¿Pero qué demonios va a hacer usted con una maldita piedra?

Sonaba mucho más grosero de lo que yo había pretendido, pero estaba realmente sorprendido de que el señor C. quisiera una piedra vieja.

Entró en el Packard y yo me subí a su lado. Metió la llave para prender el carro y respondió:

—Una mala costumbre.

Entonces se inclinó hacia mí para abrir la guantera. No había ni guantes ni mapas ni papeles, sino unas cuantas piedras perfectas.

En todas parecía haber algo escrito.

Me incliné hacia delante y saqué una de las piedras. Escrito por detrás decía "idlewild 5.2.36". Cogí otra en la que decía "preston 6.4.36". ¡Eran exactamente iguales que mis piedras! Cogí una más y leí "chicago 3.19.32".

Me volví hacia el señor C. y dije:

—Yo tengo unas cuantas de estas, señor.

—Hmmm —respondió.

—¡De verdad que tengo unas cuantas!

El señor C. me miró, se cambió la pipa al otro lado de la boca y dijo:

—Bud, sé que no eres el chico más brillante del mundo, y lamento en el alma ser el portador de malas noticias, pero estas cosas se encuentran por todas partes. En realidad son tan corrientes como piedras.

Yo casi no supe qué contestarle, pero como no quería pasar por tonto, dije:

—Sí, señor, pero las mías también tienen letras y números escritos en ellas.

—Hmmm—repitió él.

Siguió conduciendo. Por fin le dije:

—No me cree, ya lo veo. Se las enseñaré.

Metí sus tres piedras en la guantera, la cerré y me incliné sobre el asiento delantero para coger mi estuche de saxofón, me lo puse sobre las rodillas y lo abrí. Tan pronto como lo tuve abierto el olor de baba vieja, de terciopelo deteriorado y de moho salió a bocanadas: era estupendo. Levanté la tapita que cubría mis rocas y saqué dos de ellas y las mantuve escondidas en la mano. Si iba a verlas, iba a tener que preguntar primero. Crucé los brazos y esperé.

Es una buena cosa tener paciencia porque esperé durante mucho, mucho rato.

Cuando finalmente llegamos a la Estación Gran Calloway el señor Jimmy nos ayudó a descargar el carro.

Entonces decidí que el señor C. había esperado lo suficiente. Le puse mis piedras delante de la cara y dije:

—Mire, ya le dije que tenía unas cuantas piedras como esas. La única diferencia es que aquí dice otras cosas.

—¿Dónde las has encontrado? —respondió él—. ¿No te dije que no tocaras nada del cuarto donde duermes?

Tendió la mano hacia las piedras y no sé por qué, pero permití que las agarrara. Era la primera persona, además del Alimaña y yo, a la que le había permitido tocar las piedras que mi mamá me había dado.

—¿Y bien? ¿De dónde las has sacado? —preguntó haciéndolas girar entre los dedos.

Oh-oh, por el modo que Herman E. Calloway sostenía mis piedras estaba claro que no me las iba a devolver inmediatamente. Yo me quedé mirando su mano a la espera de una oportunidad para recuperarlas y salir zumbando de allí. Si podía tenerlas de nuevo entre los dedos sabía que podía ganarle, aunque el señor C. fuera mucho más fuerte que yo y sus piernas mucho más largas que las mías.

—Contéstame, ¿de dónde las has sacado? —repitió Herman E. Calloway.

El señor C. parecía mucho más furioso de lo que lo había visto antes. El señor Jimmy lo oyó, dejó en el suelo la caja que llevaba, y se dirigió hacia nosotros a toda prisa.

Herman E. Calloway tenía las piedras bien apretadas en su mano derecha, que se había convertido en un puño; la mano izquierda, un puño también, se balanceaba como si se estuviera preparando para pelear.

—¿Herman? —intervino el señor Jimmy—. ¿Qué es esto? ¿Qué sucede?

Se había plantado de pie entre el señor C. y yo. Herman E. Calloway contestó:

—Te dije lo que iba a pasar con este chico desde el primer momento. Ha estado curioseando en la casa y tiene cosas que no tiene derecho a tener, cosas que ha robado.

—No, señor, nada de eso —repliqué.

—Entonces ¿de dónde las has sacado? —dijo el señor C. —. No te lo voy a preguntar otra vez.

En ese momento aflojó la presión sobre las piedras que tenía en la mano. Me quedé muy sorprendido de que no se hubieran convertido en diamantes o en polvo tal como las había apretado.

El señor Jimmy agarró mis dos piedras de su mano, miró lo que había escrito y dijo:

—¿Flint, 8 de agosto, 1911, y Gary, 13 de julio, 1912? Hace más de veinticinco años.

Se agachó, me miró a la cara y dijo:

—Hijo, ¿dónde has encontrado estas piedras? Di la verdad.

Yo seguía mirando de reojo al señor C., pues todavía daba la impresión de que podía saltar sobre mí en cualquier momento.

—Señor Jimmy, ni las he encontrado ni las he robado de ninguna parte, siempre han sido mías. Me las dio mi mamá y lo juro por Dios. ¿Podría devolverme mis piedras, señor? —Dije esto mientras tendía la mano.

—¿Tu mamá?

—Sí, señor.

El señor Jimmy dijo:

—Bud, ¿y de dónde sacó tu madre estas piedras?

—No sé, señor. Siempre las tuvo — contesté.

El señor Jimmy y Herman E. Calloway me estaban mirando con esa mirada de no-sé-con-qué mano-voy-a-pegarte. El señor Jimmy dijo entonces:

—Bud, ¿cómo dijiste que se llamaba tu madre?

—Nunca me lo preguntó nadie, señor.

Herman E. Calloway, todavía muy enojado, dijo:

—No haces más que desparramar "señores" por todas partes, pero todavía veo un rastro de listillo y de irrespetuoso en ti, chico. Ahora contesta la pregunta o de lo contrario te...

Yo le grité:

—¡Ángela, señor!

Yo estaba tan furioso que no había querido decir "señor", pero me salió en cualquier caso.

—Su nombre era Ángela Janet Caldwell.

El señor Jimmy dijo:

—Dios mío de mi alma...

A Herman E. Calloway se le cayó la pipa de la boca y entró tambaleándose en la Gran Estación Calloway. Iba a tientas, como si se hubiera quedado ciego.

¡Entonces lo supe! Herman E. Calloway era el mejor mentiroso del mundo. ¡Me había estado mintiendo a mí y a los demás todo el rato! Y ahora, al comprobar que había pruebas contra él, se había puesto muy nervioso. Yo le dije al señor Jimmy:

—¡Lo sabía! ¡Sabía que era mi padre!

El señor Jimmy, que estaba todavía agachado frente a mí, respondió:

—Bud, él no es tu padre.

—Sí, señor, lo es. Y si no, ¿por qué se ha ido corriendo de ese modo? Porque lo han descubierto mintiendo después de todos estos años.

El señor Jimmy dijo:

—Bud, basta. Herman no es tu padre. Pero Ángela Janet era el nombre de su hija. Si lo que dices es cierto, y que Dios nos ayude, parece que Herman es tu abuelo.

Esto fue una buena sorpresa, pero en general me sentí bastante contento de que Herman E. Calloway no fuera mi padre. ¿Quién iba a querer un padre que además de ser tan viejo y tan cascarrabias tenía una barriga como esa? Yo, desde luego, no.

210

Capítulo XIX

¡Caray! Desde que Herman E. Calloway me había oído pronunciar el nombre de mi madre se había encerrado en su cuarto y no salía para nada.

El señor Jimmy y la señorita Thomas me hicieron sentar a la mesa de la cocina mientras golpeaban su puerta e intentaban convencerlo de que abriera, pero por el modo en que decían una y otra vez "¡Herman!", bajo al principio y después más y más alto, estaba claro que no tenía ninguna intención de contestar. Después de un rato grandísimo decidieron dejar que al niño grande se le pasara la pataleta y que ya bajaría cuando le diera la gana. Entonces se sentaron a la mesa de la cocina conmigo.

La señorita Thomas me miró y dijo:

—Dios, Dios, Dios.

—Mira, Bud, vamos a ver —dijo el señor Jimmy. Luego se pasó la mano por la cara—. ¿Estás seguro de que tu mamá se llamaba Ángela Janet?

—Sí, señor —respondí.

—Y ella y tú llevaban el mismo apellido: Caldwell. ¿Nunca dijo nada de llamarse Calloway?

Yo se lo deletreé bien claro:

—No, señor. Su apellido era Caldwell. C-A-L-D-W-E-L-L.

Me dio la impresión de que finalmente me creía.

—Bien, bien, espero que no te importe que te lo pregunte, pero es muy importante que lo sepamos: ¿cómo pasó a mejor vida tu mamá? ¿Y fue hace mucho?

"Pasar a mejor vida" era igual que "ido"; era otra de esas palabras que los adultos dicen en lugar de "muerto".

—Yo tenía seis años cuando ocurrió, señor —respondí—. No sé por qué. Había estado demasiado enferma para ir a trabajar durante seis días seguidos, y una mañana entré en su habitación y estaba muerta. Pero no sufrió ni nada, sucedió muy rápido, ni siquiera tuvo tiempo de cerrar los ojos. No parecía que le doliera nada.

La señorita Thomas se inclinó sobre la mesa, me tocó el brazo y dijo:

—Estoy segura de que no, Bud, estoy segura de que fue una muerte muy tranquila.

El señor Jimmy dijo:

—Cuando estaba viva, Bud, Dios la tenga en su gloria, ¿qué aspecto tenía tu mamá?

Esta era otra pregunta muy rara pero, antes de que pudiera responder, la señorita Thomas dijo:

—James, ¿qué insinúas? Ya sabía yo que este niño tenía algo familiar, no sé cómo no me di cuenta antes: ¡pero míralo a los ojos! ¿Realmente tienes alguna duda de que sea el nieto de Herman?

El señor Jimmy dijo:

—Un momento, Grace, lo único que intento es hacer las preguntas que sé que Herman haría si pudiera. No tiene nada de malo cerciorarse antes de sacar conclusiones apresuradas. Y bien, hijo, dime: ¿qué aspecto tenía?

—Era muy linda, señor —respondí.

El señor Jimmy dijo:

—Apuesto a que sí, pero no es eso lo que quiero decir. ¿Era alta o baja, delgada o de huesos grandes?

—No sé, señor, era muy linda y muy alta y más o menos delgada como yo, supongo —respondí.

La señorita Thomas dijo entonces:

—James, Bud tenía seis años: todo el mundo era entonces muy alto para él. No entiendo para qué sirve esto.

Yo dije:

—Perdóneme, señora, ya sé cómo pueden saber el aspecto que tenía. Aún tengo una foto suya.

Ellos me miraron fijamente.

—¿Me perdonan un momento? —pregunté. La señorita Thomas contestó:

—Claro, hijo, date prisa y tráenos esa foto.

Subí las escaleras a saltos, pero de repente me paré como si me hubiera dado con una pared de ladrillos, porque recordé de golpe lo furioso que se puso Herman E. Calloway cuando me gritó. Subí de puntillas el resto de los escalones.

¡Oh-oh! ¡La puerta de Herman E. Calloway estaba entreabierta!

Contuve el aliento y pasé andando súper silenciosamente y súper rápido hasta meterme en la habitación de la niña muerta y tan pronto como lo hice... tris, tras, patapún... el corazón se me bajó de golpe al estómago.

Herman E. Calloway estaba sentado en la sillita frente al pequeño espejo del vestidor. Tenía su mirada fija en la mesa y la cara cubierta con las manos. Hacía ruidos como si tuviera problemas para respirar, porque cada vez que inspiraba una bocanada de aire hacía un sonido como "muuuuh" y cada vez que echaba el aire hacía un sonido como "huuuh."

Yo no sabía qué hacer. Me di cuenta de que el señor C. no sabía que yo estaba en la habitación, así que probablemente lo mejor era darse la vuelta y salir de puntillas sin que nada ocurriera.

Di dos pasitos hacia atrás y me detuve. Había venido hasta aquí para enseñarles a la señorita Thomas y al señor Jimmy qué aspecto tenía mi mamá y eso no tenía nada de malo, no estaba haciendo nada para que tuviera que salir de esta habitación de puntillas y andando hacia atrás.

Aspiré una bocanada de aire y me dirigí a mi cama. Tomé el estuche de saxo y lo puse sobre ella.

Desplacé los dos resortes plateados hacia un lado y las dos lengüetas saltaron hacia arriba con sus típicos chasquidos. Herman E. Calloway seguía con la cara entre las manos y continuaba haciendo los mismos ruidos, "Muh... huh... muh... huh... muh... huh...".

Busqué en el estuche y saqué el sobre donde estaba la fotografía de mi mamá. Cerré de nuevo las dos lengüetas plateadas y me di cuenta de que el señor C. no me estaba prestando ninguna atención: seguía con la cara entre las manos y movía la cabeza adelante y atrás muy lentamente, como si estuviera intentando averiguar cuánto pesaba.

Devolví el estuche de saxo a su sitio y estaba a punto de dejar la habitación cuando miré la espalda de Herman E. Calloway por encima del hombro.

Aún no se había dado cuenta de que yo estaba en la habitación. Aunque miré al pequeño espejo redondo no pude verle la cara, pero sí vi mucho mejor sus manos y también seis pequeños senderos de líquido que salían de donde los dedos se unen a la mano; los tres senderos de cada mano se juntaban en las muñecas, corrían por sus brazos y habían hecho un charquito en la mesa del vestidor.

Herman E. Calloway estaba llorando a moco tendido. Se comportaba como si el hecho de que yo fuera su nieto fuese lo peor que le podía pasar a alguien en la vida.

Esta era la regla número 39 de las "Reglas y Cosas para tener una vida más divertida y ser un mentiroso cada vez mejor" de Bud Caldwell:

REGLAS Y COSAS NÚMERO 39
Cuanto más viejo eres, peor tiene que ser algo para que te haga llorar

A los bebés es fácil no hacerles caso si lloran, porque llorar es para ellos como hablar. Las lágrimas de un bebé pueden querer decir "¡oye! me has pinchado cuando me cambiabas los pañales" o el llanto es el modo que eligen para decir "buenos días, mamá, ¿qué vamos a hacer hoy?".

215

Ése es el motivo por el que es fácil no preocuparse demasiado por las lágrimas de un bebé.

Pero cuando llora una persona mayor es una historia completamente distinta. Cuando alguien tan viejo como Herman E. Calloway llora, prepárate, muchacho, porque sabes que has caído justo en el centro de una de esas turbulentas tragedias. No puedes dejar de tenerle lástima, incluso si se ha portado mal contigo desde el momento que te puso los ojos encima, incluso si llora porque ha averiguado que son familia.

Me acerqué a Herman E. Calloway y antes de darme cuenta mi mano se movía hacia su espalda. Esperé una de esas pausas entre los muhs y los huhs, y entonces lo toqué. La piel bajo la camisa estaba caliente, muy caliente.

Le llevó unos segundos darse cuenta de que alguien lo tocaba. Cuando lo notó, sentí que su piel se contraía y temblaba lo mismo que la de un caballo sobre el que se posan moscas. Se volvió bruscamente.

Cuando vio que se trataba de mí se apartó de un salto, hizo un "huh" más fuerte y se quedó mirándome. Su boca empezó a moverse como si hablara un idioma secreto que solo los perros podían oír.

Por fin empezaron a salir de su boca auténticas palabras. Dijo:

—Yo... yo pero... como... yo soy... mira, Buddy... yo... solo...

—Me llamo Bud, señor, no Buddy.

Volvió a cubrirse la cara con las manos y todo empezó de nuevo.

Caray, buena cosa era que el Bandido no estuviera allí,

porque si hubiera oído el modo en el que sollozaba el señor C. nadie volvería a dudar jamás de quién era el verdadero Río Torrencial.

Puse otra vez la mano sobre el hombro del señor C., le di unas palmaditas, lo acaricié un par de veces y después salí de la habitación. Me sentí mucho mejor saliendo de frente que en lugar de escurrirme de puntillas y andando hacia atrás.

Bajé las escaleras y volví a la cocina. La señorita Thomas y el señor Jimmy clavaron los ojos en el sobre. Lo dejé en el centro de la mesa.

Los dos lo miraron antes de que la señorita Thomas lo cogiera y lo levantara. Sacó del bolsillo de su vestido unas gafitas muy raras que tenían solo la mitad del cristal y se las puso. Sacó la fotografía de mi mamá del sobre y la alejó de la cara todo lo que su brazo daba de sí.

Contempló la fotografía, me miró por encima de sus gafas, dirigió la vista al señor Jimmy y dijo:

—¿Alguna pregunta más para este jovencito?

Dicho esto, le pasó la fotografía. El señor Jimmy la tomó y dijo:

—Bien, recuerdo perfectamente a aquel estafador que arrastraba ese caballo viejo por la ciudad, ¿cómo se llamaba? Ayúdame con eso, Gruce, ¿no se llamaba Joey Pegus y le había puesto a lo que hacía "Joey Pegus y su Potro Rompe Espaldas Brincador"?

La señorita Thomas contestó:

—Era Joey Pegus y su Potro Rompe Espaldas Saltador, James. ¿Qué más ves en la fotografía?

El señor Jimmy respondió:

—¡Vaya, vaya, vaya, es definitivamente Ángela Janet Calloway!

Entonces me miró y dijo:

—¿Estás seguro de que esta era tu madre?

—Sí, señor, pero se llama Caldwell, no Calloway —le respondí.

Él dijo:

—Bien, que me condene si...

La señorita Thomas le interrumpió:

—No hay muchas dudas sobre eso, James, pero lo que tenemos que hacer...

Ella siguió hablando, pero yo dejé de escuchar porque algo salió de la nada y me dio un buen golpe en la frente.

Sin pensar lo que hacía, interrumpí a la señorita Thomas y dije:

—¡Eso significa que la habitación en la que duermo no es la de una niña muerta cualquiera, es la habitación de mi mamá!

Ella me miró como sorprendida, como si esta fuera la primera vez que lo pensara y respondió:

—Tienes razón, Bud. Has vuelto a la habitación de tu mamá.

—¿Y cómo es que Herman E. Calloway nunca nos llamó a mi mamá y a mí? —protesté—. Todo lo que tendría que haber hecho es haber llamado alguna vez y sé que ella no hubiera estado tan triste.

La señorita Thomas y el señor Jimmy se miraron el uno al otro y entonces ella dijo:

—Bud, dame la mano.

Oh-oh, muy pronto tendría que recordar alguna de las "Reglas y cosas" si la señorita Thomas quería agarrarme de la mano.

Extendió un brazo a través de la mesa y yo cogí sus dedos.

—Bud —dijo—, el señor C., tu abuelo, no sabía nada de ti. Nadie supo adónde se había ido tu madre.

El señor Jimmy explicó:

—Es cierto, hijo. Un día se levantó y se fue. Quiero decir que todos sabíamos que Herman era duro con ella, pero no era nada personal: Herman era duro con todo el mundo. Yo le decía todo el tiempo que aflojara un poco con la chica, que fuera más tolerante, pero puedo recordar exactamente las palabras con las que me contestaba. Decía: "La tolerancia no hace moverse el mundo. Este es un mundo duro, especialmente para una mujer negra. Hay unos cien millones ahí fuera de cada matiz y de cada color, hombres y mujeres que se mueren por ser más duros con ella de lo que yo jamás seré. Tiene que prepararse". Caray, estaba claro que la chica no era el tipo de mujer que...

La señorita Thomas le interrumpió:

—James, ¿por qué no subes a ver qué hace Herman?

Había dicho "¿por qué no?" pero no era una pregunta. El señor Jimmy contestó:

—Oh-oh, sí, quizá fuera conveniente —y salió de la cocina. La señorita Thomas me dijo entonces:

—Bud, supongo que te has dado cuenta de que a tu abuelo le cuesta llevarse bien con la mayoría de la gente, ¿no?

—Sí, señora —contesté.

—Creo que es porque espera demasiado de todo el mundo, incluso de él mismo. Y cuando fijas tus metas tan altas, te decepcionas muchas veces.

Yo asentí con la cabeza, como si entendiera lo que me decía. Ella prosiguió:

—Piensa en tu madre, por ejemplo. Estaba tan, pero tan orgulloso de ella, y la quería tanto, pero tantísimo. Estaba tan decidido a que fuera la primera Calloway que tuviera una buena educación, universitaria incluso, que pensó que tenía que ser estricto con ella, pero se pasó de la raya. Bud, es tan simple como eso. Solía decir siempre que su padre y su madre habían nacido esclavos y, dos generaciones después, los Calloway habían llegado tan lejos y habían trabajado tanto que una de ellos iba a convertirse en maestra. Era su sueño, no el de ella, no entonces al menos, y nunca le dio tiempo para que eligiera por sí misma. Cuanto más la empujaba más se resistía, hasta que finalmente la presión fue demasiada y se marchó. Creemos que se fugó con uno de los bateristas de Herman. Durante once años esperamos noticias o que volviera a casa, y finalmente lo ha hecho. Me da la impresión de que nos ha enviado la mejor noticia que hemos tenido en años.

La señorita Thomas me sonrió y yo supe que intentaba decirme que yo era la noticia que mi mamá les había enviado. Ella añadió:

—Espera aquí un momento, encanto. Voy a mi habitación a buscar una cosa.

La señorita Thomas probablemente me decía esto como excusa para ir a llorar un poco, pero regresó rapidísimo. Volvió con un portarretratos de metal que me entregó.

—Esto ha estado en mi vestidor durante trece años, desde que tu madre cumplió los dieciséis. Ahora te pertenece.

Quise darle las gracias, pero no pude hacer otra cosa que mirar fijamente la fotografía que estaba en el pesado portarretratos metálico. Era mi mamá.

Era solo una foto de la cara. En los bordes había como humo o niebla, así que parecía que la cabeza de mi mamá salía de una nube. Sonreía. La misma sonrisa tierna que me ofrecía cuando volvía a casa de trabajar. Hacía tantísimo que no veía la sonrisa de mi mamá que quise reír y llorar al mismo tiempo.

—Déjame enseñarte algo, Bud —dijo la señorita Thomas cogiendo el portarretratos—. Mira esto —Movió la fotografía arriba y abajo y de izquierda a derecha y en círculos—. ¿Te das cuenta de que los ojos te siguen todo el tiempo? Da igual desde donde mires la fotografía: ella te mira a ti.

Parecía como si mamá me estuviera mirando directamente sin importar dónde pusiera la fotografía la señorita Thomas.

—¿Puedo quedarme con ella? —pregunté.

—Siento que la he estado guardando hasta que apareciera el legítimo propietario, y me da la impresión de que por fin apareció. ¿Por qué tardaste tanto, cariño?

La señorita Thomas me acarició debajo de la barbilla y dijo:

—Pero Bud, tenemos un problema y para resolverlo voy a necesitar tu ayuda.

Oh-oh.

—Has dicho que tenías seis años cuando tu madre murió.

—Sí, señora.

—Ah, entonces eso fue hace cuatro años.

—Sí, señora.

—Seguro que te acuerdas de lo mal que te sentías al principio, cuando supiste que se había ido, ¿no?

—Sí, señora.

Y todavía me sentía así.

—Bien, y tú has tenido cuatro años para que la herida cicatrice, pero todavía te duele a veces, ¿verdad?

—A veces mucho.

—Ya lo sé, Bud. Pero recuerda que tu abuelo y yo acabamos de saber que ella murió. La herida es absolutamente nueva para nosotros. —La señorita Thomas tragó saliva—. E incluso aunque tu abuelo no la haya visto en once años, sé que no ha pasado un día sin que haya dejado de pensar en ella. Nunca lo admitiría, pero no había actuación que hiciéramos en la que, cuando miraba por primera vez al público, no tuviera en la cabeza que quizá su hija estuviera allí. Siempre esperaba que viera un anuncio nuestro clavado a un poste telefónico en algún momento y decidiera ponerse en contacto con nosotros. La quería mucho, Bud. Lo siento, corazón —dijo y con la mano con la que no me apretaba los dedos buscó un pañuelo y se sonó la nariz.

»Esas piedras que recogía allí donde tocaba eran para ella. La niña tendría cuatro o cinco años, la banda se preparaba para viajar a Chicago durante una semana y antes de que saliéramos, Herman le preguntó qué quería que le trajera. Él pensaba en una muñeca, un vestido o algo así, pero ella le dijo: "Una piedda, papi, táeme una piedda de Chicago". Así que donde quiera que fuéramos después de aquello, él le llevaba una "piedda". Escribía en ella la ciudad y el día donde estábamos en ese momento. Tiene cajas llenas en su cuarto. Once años de piedras.

»Así que, Bud, no sé cómo Herman va a sentirse después de esto y ahí es donde voy a necesitar tu ayuda. Tienes que recordar que tanto Herman como yo queríamos a tu madre tanto como tú.

Esto no parecía que pudiese ser cierto, no porque no hubiera gente que pudiera querer a mi madre tanto como yo, sino porque no parecía que alguien como Herman E. Calloway pudiera querer a alguien.

La señorita Thomas continuó:

—Así que si puedes acordarte, Bud, ten paciencia con él. Ese viejo cascarrabias de arriba es alguien muy, pero que muy herido en este momento, y no tengo ni idea de por dónde va a salir después de haber recibido el golpe que ha recibido.

La señorita Thomas dijo esto último parpadeando como si le picaran los ojos.

—Así que vamos a tener que darle algo de tiempo, vamos a tener que dejarle que averigüe cómo se siente antes de...

El señor Jimmy entró en la cocina y dijo:

—Grace, te llama.

Herman E. Calloway estaba haciendo que todo el mundo se sintiera triste: parecía que el señor Jimmy se acababa de secar unas lágrimas de los ojos.

La señorita Thomas se acercó a mí, me dio un abrazo y me dijo:

—¿Estás bien?

—Sí, señora —contesté.

—¿Subo a ver cómo está? —me preguntó ella.

—Sí, señora —repetí.

Salió de la cocina y el señor Jimmy se fue al cuarto de estar.

Tomé la foto de mi mamá y la puse de nuevo en el sobre. El señor C. había elegido un buen nombre para su casa, porque no había pasado ni un segundo antes de que la puerta trasera se abriera y los Rítmicos Devastadores de la Depresión se pusieran a hablar como si la conversación fuera a pasar de moda. Tan pronto como me vieron se callaron.

Du-Dú Bug dijo:

—Hola, Dormilón La Bone, ¿dónde está todo el mundo?

Yo no quería que todo el mundo se sintiera incómodo diciéndoles que los adultos estaban sentados por la casa llorando a moco tendido, así que contesté:

—Por ahí.

Recordé no llamarle "señor".

Eddie dijo:

—Bueno, es contigo con quien queríamos hablar.

Puso una vieja maleta de cartón sobre la mesa y agregó:

—Les he dicho a los muchachos lo duro que has trabajado con la flauta y lo orgulloso que estaba de ti, así que hemos juntado unos centavos —se comportaba como si quisiera que su voz llegara a la otra habitación—, y sabe Dios que para todos ha sido un verdadero sacrificio.

Volviéndose hacia Fechoría intercambiaron unas cuantas palmadas y, hablando normalmente, añadió:

—Sea como sea: el Bandido vio algo en la casa de empeños y te lo compramos.

—¿Puedo abrirlo?

El Bandido dijo:

—Pues oye, si no lo abres tú, no sé quién va a hacerlo.

Eddie empujó la maleta de cartón hacia mí.

Tenía peor pinta que mi vieja maleta; uno de los cierres había desaparecido y el otro estaba atascado.

Eddie La Calma dijo:

—Es lo que hay dentro lo que es interesante. Tira con fuerza de ese cierre.

Tiré del cierre y me quedé con él en la mano.

El Bandido dijo:

—Lo sabía, este chico es de pueblo, no está acostumbrado a manejar cosas finas. Se lo deberíamos haber dado en una bolsa de papel.

Abrí la maleta. Lo de dentro, fuera lo que fuera, estaba envuelto en hojas de periódico arrugadas.

Empecé a sacar las hojas de periódico y me di cuenta de que el regalo pesaba mucho; de repente apareció un trozo de oro brillante. Arranqué los últimos periódicos y... ¡no podía creer lo que veía! Los Rítmicos Devastadores de la Depresión habían juntado su dinero y me habían comprado un saxo pequeñito como el de La Calma.

Eddie se dio cuenta de que yo me había quedado petrificado, así que sacó el instrumento de la maleta y rebuscó entre los papeles que quedaban hasta dar con la boquilla, el clip del cuello y el portaboquillas. Sopló la boquilla unos momentos, la introdujo en el saxo y se puso a tocar.

¡Uyy! ¡Cómo sonaba mi saxo! Eddie dejó de tocar y dijo:

—Es un saxo tenor, Bud. Algunas uniones están un poco oxidadas, pero es lo normal en un instrumento tan viejo. Pero todavía tiene buen timbre y esta abolladura no le quita nada.

Me mostró una abolladura en la parte de abajo de mi saxofón y añadió:

—He ajustado las llaves, le he puesto fieltros nuevos y lo he afinado. Lo demás es cosa tuya.

Rebuscó en su bolsillo y sacó una lata que decía Brasso.

—Búscate un trapo y límpialo. Un músico debe pulir su instrumento.

Yo miré a mis compañeros de la banda y dije:

—Gracias, gracias, muchísimas gracias. ¡Voy a practicar tanto que seré tan bueno como ustedes en unas tres semanas!

Du-Dú Bug respondió:

—¡Ohhh, pues sí que...!

—¡De verdad! ¡Lo haré! —dije.

La banda se rió, así que yo me reí también.

—Bien, señor La Bone —dijo Eddie—, te voy a decir una cosa: como tienes tantas ganas de entrar en la banda te voy a empezar a dar lecciones inmediatamente.

Sacó un gran reloj de bolsillo de plata que llevaba sujeto con una larga cadena y dijo:

—Me voy a ver a Tyla un rato, pero volveré hacia las siete. Si ya le has sacado brillo a tu saxo, traeré unas partituras y podremos empezar, ¿te parece bien? —su palillo saltaba con cada palabra.

—¡Me parece estupendo, Eddie!

Eddie se sacó la correa del cuello y me la entregó. Yo me la puse y Eddie me pasó mi saxofón por primera vez. ¡Tenía el peso perfecto! Yo dije:

—¿Me perdonan un momento?

Fechoría respondió:

—Pero oye, ¿no vas a soplar algunas notas? Queremos oírte, señor *En-tres-semanas*.

226

Yo respondí:

—Ya me oirás dentro de tres semanas cuando estemos todos juntos en escena.

Se rieron otra vez y el Bandido dijo:

—Déjame decirte algo, Dormilón La Bone: a ciertos miembros de esta banda podrás superarlos en tres semanas, pero te va a llevar mucho más tiempo alcanzarme a mí. Siendo realista, te va a llevar por lo menos diez años antes de que seas ni siquiera capaz de utilizar mis baquetas.

Eddie La Calma dijo:

—Sí, y eso son más o menos nueve años y diez meses más de lo que vas a estar en la banda, Bandido.

El Bandido contestó:

—Aggg, hombre, no empieces de nuevo con eso.

Yo repetí:

—¿Me disculpan un momento?

—Adelante, Dormilón La Bone, te veo luego —contestó Eddie.

Yo les dije a mis compañeros de banda:

—Gracias de nuevo, muchísimas gracias.

—No tiene importancia, pequeñajo —dijo el Bandido.

—Y ahora no permitas que ese saxo abuse de ti, hijo —dijo Fechoría.

—Ha sido un placer, Dormilón —dijo Du-Dú Bug.

—Oigan, vámonos de aquí —concluyó Eddie La Calma.

Yo tomé las dos fotografías de mi mamá, el saxo y la lata de Brasso y corrí escaleras arriba.

Cuando llegué arriba, vi que la puerta de Herman E. Calloway estaba todavía un poquito abierta. La puerta de la señorita Thomas estaba cerrada y oí que hablaban en la habitación de ella en voz baja. Me podría haber quedado afuera y haber escuchado si hubiera querido, pero eso hubiera sido de mala educación y además no tenía claro cuánto me llevaría sacarle brillo a mi saxofón nuevo.

Fui al cuarto de mi mamá, y puse mi saxo en la cama donde mi mamá dormía cuando era una niña. Coloqué su foto sonriente en la mesa del vestidor, y saqué el estuche que ahora me servía de maleta de debajo de su cama. Abrí los dos cierres plateados y empecé a sacar todas mis cosas.

Saqué mi vieja manta y volví a hacer mi cama con ella. Ya no iba a necesitar llevarla de un lado para otro. Abrí la bolsa de tabaco, saqué la piedra que decía Flint y la puse en la cama. Tomé la bolsa y las hojas publicitarias y fui hasta la habitación de Herman E. Calloway. A pesar de que podía oírlo hablar con la señorita Thomas en su habitación, llamé a su puerta de todos modos. Como nadie contestó la abrí.

También en esa habitación había un vestidor con espejo, así que me metí rápidamente en el cuarto y dejé sobre la mesa las hojas publicitarias y la bolsa con las cuatro piedras, y volví a salir tan rápido como pude.

¡Fiú! Aunque había sido yo el que las había llevado conmigo durante todos estos años, hubiera sido un mentiroso muy grande si hubiera dicho que las piedras y las hojas me pertenecían verdaderamente. El nombre de Herman E. Calloway y su letra estaban en las hojas y en las piedras.

Además, la forma en la que se había alterado cuando vio las piedras por primera vez me hacía suponer que significaban más para él que para mí.

Volví hasta el vestidor de mi mamá y abrí el cajoncito, agarré uno de los chinches y volví hasta la cama de mi mamá. Luego saqué la fotografía del sobre y la miré. Ahí estaba ella montando aquel poni triste y desbaratado.

Todavía no entendía por qué tenía ese aspecto tan infeliz, porque parecía un sitio donde uno podía divertirse mucho.

Atravesé con el chinche la fotografía de mi mamá y la llevé hasta la pared donde ella había fijado todas las imágenes de caballos. Puse a mi mamá justo entre los caballos y los ponis que tanto le gustaban.

No necesitaba llevar la fotografía de un sitio para otro, además no era así como yo recordaba a mi mamá. Mi mamá estaba siempre contenta y con ganas de hacer cosas, no triste y enfurruñada como en la fotografía. Y además era bastante mayor según yo la recuerdo, no era tan joven como en la fotografía.

La fotografía parecía ahora estar en su sitio. Era raro cómo habían salido las cosas: yo llevando a mi mamá de un sitio para otro durante todo este tiempo y finalmente la colocaba en el sitio donde ella habría querido estar: su antiguo dormitorio, de nuevo entre todos sus caballos.

Volví a la cama y miré la piedra de Flint. Era suficiente. Ya no necesitaría tener las demás cosas conmigo todo el tiempo. No las necesitaba para que me recordaran a mi mamá, no podría pensar más en ella si cada día tuviera cien horas y cada semana mil días. No podía pensar en mi mamá de mejor modo que lo que ya lo hacía. Todo lo que tenía que recordar era su mano en mi frente cuando me preguntaba algo como: "¿Cariño, estás enfermo? ¿Tienes fiebre?". Todo lo que tenía que hacer era recordar a mi mamá dejándome secar los platos después de que ella los lavara y cómo solía decir que nadie en el mundo podía secar un plato como yo lo secaba. Todo lo que tenía que hacer era respirar profundamente y pensar en todos los libros que me leía por las noches hasta que yo me dormía.

Deza Malone tenía razón: yo llevaba a mi mamá dentro y no había nada ni nadie que pudiera quitármela o que pudiera añadirle ni un ápice. La piedra de Flint era suficiente. La puse en el estuche de mi saxo.

Entonces levanté mi saxofón. ¡Era la cosa más hermosa que jamás había visto! Mojé la caña de la misma forma que le había visto hacer a Eddie La Calma, la encajé en la boquilla, cerré los ojos y conté hasta diez. Si después de contar soplaba y el sonido era bueno significaba que podría estar tocando con los Rítmicos Devastadores de la Depresión en una semana o dos. Si el sonido era feo significaba que tendría que practicar durante un par de meses o así antes de ser lo bastante bueno como para subir al escenario con ellos.

¡Uno dos tres cuatro cinco seis siete ocho nueve y diez! Aspiré profundamente y soplé con todas mis fuerzas. El saxofón se limitó a graznar, croar y gruñir: su sonido estaba lleno de palabras tales como "arrrumpff" y "brurrura" y "frorrompopopoms".

Quizá no había hinchado demasiado bien las mejillas, quizá soplaba demasiado fuerte. Conté de nuevo: ¡uno dos tres cuatro cinco seis siete ocho nueve y diez! Esta vez el saxo solo gruñó, croó y rezongó, sin que pareciera emitir palabra alguna. ¡El sonido era estupendo! No era perfecto como cuando Eddie lo tocaba, pero me di cuenta de que un día lo sería. Algo me dijo que podría aprender a tocarlo. Algo me dijo que aquellos sonidos eran más que notas desafinadas.

Si no tenías una imaginación realmente buena, probablemente pensarías que aquellos ruidos eran los sonidos que hacía un niño soplando un saxofón por primera vez, pero yo lo tenía más claro: sabía que aquellos sonidos eran los crujidos y los chirridos de una puerta que se cierra y otra que se abre.

Miré la fotografía de mi mamá que la señorita Thomas me había dado. Ella me miraba fijamente con la misma sonrisa tierna. Sé que es tonto devolverle la sonrisa a una fotografía pero no pude evitarlo. Sé que es todavía más tonto hablar con una fotografía, sobre todo cuando no te ha dicho nada que sirva para empezar una conversación, pero tenía que decirlo:

—¡Aquí vamos de nuevo, mamá, solo que esta vez no puedo esperar!

Cerré los ojos y empecé a practicar. Con lo bien que me estaban yendo las cosas podía apostar monedas contra canicas a que Eddie La Calma regresaría pronto.

Postfacio

ME LLAMO BUD, NO BUDDY es una obra de ficción, pero muchas de las situaciones con las que Bud se encuentra se basan en acontecimientos que ocurrieron en los años treinta del siglo XX, durante una época que se conoce como la Gran Depresión. Y aunque los personajes de *Me llamo Bud, no Buddy* son también de ficción, algunos de ellos se basan en personas reales. Una de las cosas más agradables de escribir, es que un autor puede combinar lo que su imaginación le sugiere con determinadas características de personas reales para construir personajes nuevos. Eso es lo que hice para crear los personajes de Lewis el Zurdo y de Herman E. Calloway, ya que ambos se basan de forma general en mis abuelos.

Mi abuelo materno, Earl Lefty Lewis, Lewis el Zurdo,

era uno de los seis o siete maleteros que trabajaban en la estación de ferrocarril de Grand Rapids, Michigan, durante buena parte de la Depresión.

Los puestos de mozo Pullman y de maletero estaban entre los pocos abiertos a los hombres afroamericanos en la época y acarreaban un cierto prestigio en la comunidad negra. No obstante, eran trabajos extremadamente difíciles, a menudo con semanas de ochenta horas, salarios bajos y casi nula seguridad laboral. Estos hombres podían ser despedidos simplemente por no aparentar estar alegres.

Al abuelo Lewis le fue excepcionalmente bien durante la Depresión manteniendo a su familia gracias a las propinas que recibía. Mi madre recuerda que mi abuela solía coser refuerzos en los bolsillos de todos los pantalones de mi abuelo porque el peso de las monedas de cinco centavos y de veinticinco centavos solía rasgarle las costuras. También se acuerda de la textura de cuero que tenían sus manos debido a las muchas maletas que había cargado en esa estación.

Al empeorar la Depresión, la estación de ferrocarril de Grand Rapids despidió a dos de los maleteros y el abuelo fue uno de ellos. Durante un breve tiempo tuvo un restaurante y finalmente se convirtió en el primer conductor de taxis afroamericano de Grand Rapids, trabajo que conservó hasta su retiro en 1972, a los setenta y cuatro años.

Earl Lefty Lewis también fue pitcher durante muchos años en la segunda división de las Ligas de Béisbol Negro. Su recuerdo más querido de aquella época es haber sido pitcher en dos ocasiones contra Satchel Paige. Como Satchel hacía con la mayoría de los pitchers que jugaban contra él, lo barrió en las dos ocasiones.

Mi abuelo paterno, Herman E. Curtis, fue un verdadero director de banda durante la mayor parte de su vida adulta. Aunque dirigió muchos grupos musicales diferentes, mi favorito es ¡¡¡¡Herman E. *Curtis y los Rítmicos Devastadores de la Depresión*!!!!, un nombre que en sí mismo merece todos estos cuatro signos de admiración. El abuelo había estudiado en el Conservatorio de Música de Indiana y era un competente violinista clásico. Tocaba también el contrabajo, el acordeón y el piano.

La diversión era una parte muy importante de la vida durante la Depresión, porque la gente quería olvidar sus problemas yendo al cine, escuchando la radio y bailando con la música de bandas que tocaban en directo. El abuelo y sus bandas fueron célebres en todo Michigan durante esa época.

Ser director de orquesta era el trabajo nocturno del abuelo Curtis. De día se dedicó a muchas cosas distintas: fue chofer, capitán de barco y pintor de camiones. Tuvo varios negocios en Grand Rapids y en Wyoming, Michigan, en una época en la que las leyes prohibían que los afroamericanos arrendaran o poseyeran tierras en estas dos ciudades. El abuelo gestionó sus negocios haciendo que un amigo blanco figurara como propietario en todos los documentos.

La flexibilidad, la habilidad, el ingenio y la voluntad para soslayar leyes y situaciones injustas sufridas por mis abuelos les permitieron mantener unidas a sus familias durante uno de los períodos más difíciles de Estados Unidos, una época especialmente dura para los afroamericanos. Ambos hombres tuvieron la suerte y la fortaleza necesarias para esquivar la parte más brutal de la Gran Depresión.

Las vidas de Earl Lefty Lewis y Herman E. Curtis y las situaciones descritas en *Me llamo Bud, no Buddy* son excepciones, porque la gran mayoría de la gente sufrió horriblemente durante el período comprendido entre 1929 y 1941. Era frecuente que los padres no pudieran alimentar a sus hijos, así que incontables miles de niños, algunos tan pequeños como Bud, eran abandonados o tenían que buscarse la vida por su cuenta si querían procurarse una comida y un lugar caliente donde dormir. Estos niños sobrevivieron a la brutal vida del camino subiendo a trenes, recogiendo fruta, trabajando en esto o aquello, mendigando, robando o haciendo lo que fuera necesario para conseguir lo que necesitaban.

Buena parte de lo que he descubierto sobre la Depresión lo he aprendido en los libros, lo cual es una lástima: no pude aprovecharme de la historia familiar que me ha rodeado durante tantos años. Me temo que cuando era más joven y mis padres y mis abuelos empezaban a hablar de sus vidas durante ese período, los ojos se me nublaban y pensaba: "¡Oh, no! ¡Esas aburridas historias de nuevo!", y me las ingeniaba para dar con una excusa convincente que me permitiera marcharme. Ahora siento auténtica tristeza cuando pienso en todo el conocimiento, la sabiduría y las historias que se han perdido para siempre al morir mis abuelos.

Tú, lector, tienes que ser más listo que yo: ve a hablar con el abuelo y la abuela, con mamá y papá y con otros parientes y amigos. Descubre y recuerda lo que tienen que decir sobre lo que aprendieron. Al mantener sus historias vivas, los haces y te haces a ti mismo inmortal.

Arriba:
Herman E. Curtis y los *Rítmicos Devastadores de la Depresión*.
Herman es el que está a la izquierda.

A la derecha:
Lewis el Zurdo, *pitcher* de los Grand Rapids, Michigan,
30 de mayo de 1918.

CHRISTOPHER PAUL CURTIS nació en Flint, Michigan. Después de terminar la secundaria, y durante trece años, estuvo trabajando en una línea de ensamblaje en la *Fisher Body Plant No.1*. Durante ese tiempo estudiaba en la sede de la Universidad de Michigan en Flint y aprovechaba sus ratos libres para escribir. Por fin, y gracias al apoyo de su esposa, decidió abandonar su empleo para dedicarse de lleno a la literatura. Actualmente vive con su familia en Detroit. *Me llamo Bud, no Buddy* es su segunda novela, galardonada con dos de los premios más prestigiosos en el ámbito de la literatura infantil y juvenil: el Newbery y el Coretta Scott King. Su primera novela, *Los Watson van a Birmingham-1963*, fue seleccionada para recibir estos mismos premios, entre muchos otros que recibió, y fue llevada al cine por el canal Hallmark. Sus novelas más recientes con Random House incluyen *The Mighty Miss Malone*, *Mr. Chickee's Messy Mission*, *Mr. Chickee's Funny Money* y *Bucking the Sarge*.